Mala's Cat
Mala Kacenberg

小猫和我的战火逃生记

［英］玛拉·卡森伯格 著

何雨珈 译

图书在版编目（CIP）数据

小猫和我的战火逃生记 ／（英）玛拉·卡森伯格（Mala Kacenberg）著；何雨珈译. -- 广州：花城出版社，2025.1. -- ISBN 978-7-5749-0297-8

Ⅰ. I561.55

中国国家版本馆CIP数据核字第2024TK3164号

Copyright © Mala Kacenberg, 1995
This book is published by agreement of the children of Mala Kacenberg.
First published as Mala's Cat in 2022 by Michael Joseph, an imprint of Penguin Books. Penguin Books is part of the Penguin Random House group of companies.

版权登记号：19-2024-127

出 版 人：张懿
责任编辑：李卉
特约编辑：王佳云
责任校对：衣然
技术编辑：凌春梅
封面设计：Anna Morrison　Juyi

书　　名	小猫和我的战火逃生记 XIAO MAO HE WO DE ZHANHUO TAOSHENG JI
出版发行	花城出版社 （广州市环市东路水荫路11号）
经　　销	全国新华书店
印　　刷	佛山市浩文彩色印刷有限公司 （广东省佛山市南海区狮山科技工业园A区）
开　　本	880毫米×1230毫米　32开
印　　张	7.75　1插页
字　　数	166,000字
版　　次	2025年1月第1版　2025年1月第1次印刷
定　　价	56.00元

如发现印装质量问题，请直接与印刷厂联系调换。
购书热线：020-37604658　37602954
花城出版社网站：http://www.fcph.com.cn

谨以此书,纪念:

我亲爱的爸爸妈妈伊扎克·索雷尔和弗里姆奇·索雷尔,以及我的外祖父母,感谢他们向我灌输了足够的宗教知识,支撑我熬过战争;

我的姐姐巴拉,我崇拜她、爱她,总向她寻求指导;

我唯一的男性手足耶希勒·格尔肖,他被万分残忍地杀害,死在我的脚边;

我的妹妹埃丝特,她既聪慧又懂事,也被无情杀害了,死时年仅13岁;

我可爱的小妹妹克雷塞莱和叙雷莱,她们有着金色的头发与金子般的心,那时还太小,根本不懂周遭的一切,而我每天都为她们乞求食物;

我的妹妹弗雷德莱和黛沃瑞莱,她们在战争还未肆虐人间时,就过早地夭折了;

我亲爱的叔舅姑姨、表兄弟姐妹和许许多多的朋友,我永远对他们失去亲朋好友的痛苦感同身受,也会永远铭记他们的爱;

600万被德国人残忍杀害的犹太殉难者。

此书亦献给:

我亲爱的丈夫,感谢他与我共同承受悲痛过往带来的重担,给予我鼓励与宽容;感谢他在我记录这些痛苦回忆时的耐心与理解;蒙上帝垂怜,我和他一同建立了美好的犹太家庭。

我美好的孩子们与孙辈——愿他们高举火把,传承民族遗产之光。

阿门

自 序

第三帝国的阴影笼罩整个欧洲时，我只有十二岁半。德国入侵了我毫无抵抗之力的国家，噩梦的最初，我更关心的是自己的课本、家人和朋友，而非战争会波及的方方面面。我甚至完全无法想象，不久的将来会恐怖到何等程度。

我天生是个自得其乐的孩子，拥有极其愉悦的童年岁月。那是阳光明媚的日子，亲爱的爸爸妈妈为我遮风挡雨，让我丝毫不知恐惧为何物；我并不知道将有何种灾难降临到犹太民族和我的家庭身上。

那些可怕至极的日子已经过去，但时光的流逝并未模糊那时的记忆，时时提醒着人类能沉陷入何等的深渊。过往种种一直深深印在我脑海中，不可磨灭，残忍而深刻。然而，由于罪行之重大，如果要让它们为人所铭记，我必须记录自己，玛拉·索雷尔，目睹的20世纪中期历史。

我知道很多人会好奇，我为什么突然决定写这本书。我想告诉他们，我已经忍受了很多个无眠的夜晚。每当在半梦半醒之间徘徊飘浮时，我总会哭喊："亲爱的妈妈、爸爸，我终于要回家，回到你们身边了。我想在那个舒适温馨的小家中和你们所有人再见一面，任由附近那条河流宁静地流淌，河边铺满了白色的卵石，小时候它们给我带来了无数的欢乐时光。我渴望再看一眼家后面那碧绿的田野，我们曾一同在那里放松身心，散步良久。亲爱的妈妈，请邀请我所有的好朋友到场,准备一场盛宴,因为我来,是要讲述你们从未听过的、最最可怕的故事——我在各种各样的情况下,奇迹般地逃过死亡,以及这么多年以来我所承受的孤独。"

我仿佛听到,一个十分熟悉的声音在天堂向我呼唤:"我亲爱的孩子,不要再回塔尔诺格鲁德[1],那里再没有一个人会听你讲故事了。"心中突然一颤,我从幻象与噩梦之中惊醒。等完全清醒过来,我回忆起自己的故事,并很快下定决心把它写下来——不仅是为我那些已经离去、被折磨摧毁的亲朋好友,也是为了全世界,让所有人都能铭记,不要任由关于这些可怕之事的记忆如秋叶般逐渐消逝。

塔尔诺格鲁德。纳粹士兵洁净无瑕的军靴无情践踏着这个波兰村镇田园牧歌的宁静,我的生活也即将发生不可逆转的剧变。身在祖父母、父母、兄弟姐妹温暖怀抱中的我,将被无情地拉拽而出,被驱赶到越来越充满敌意与艰辛的世界中,尽自己的全力去求得生存,与各种各样的不可抗力做斗争。

很快,事态就发展到家人与我束手无策的地步,对波兰犹太人的系统性灭绝开始了。我的民族忍受了骇人听闻的惨剧,而面对这样的恶行,所谓的"文明世界"保持了沉默。这一切都在我脑中挥之不去,像一张发黄折角的老照片,记录的画面是人类历史上最可怕的篇章——犹太大屠杀。老话讲:"世人皆怀明日之忧,我必让世人知晓昨日之事。"我的故事也许显得不可思议,异想天开,但却都是真实的,都是我有生之年的真实际遇,且不是发生在一百年前,而是仅有一代之隔。为告亡魂在天之灵,我们必须提醒这个世界,他们有永不可忘的责任,以此来让关于死者的记忆永存。因为要面对未来,必须先了解过去。

---

[1]　Tarnogród,波兰东南部卢布林省的一个小城镇。——如无特别说明,本书脚注均为译者注。

目录

第1章 出逃——001

第2章 林中避难——041

第3章 在敌人的国度——117

第4章 回到波兰——185

第5章 新生——215

第1章 出逃

1. 宁静的小河

我出生在一个严守教规的犹太家庭，故乡在塔尔诺格鲁德，这是个波兰腹地深处的小镇，靠近卢布林①。父母生下了九个孩子，其中三个在婴儿时期死于痢疾和流感，当时这些都是不治之症。回想起来，我觉得他们其实是幸运的，因为不用遭受活下来的家人们即将面临的痛苦与折磨。

20世纪30年代初，我的父亲伊扎克·索雷尔离家前往乌拉圭创业。那时候波兰时局艰难，他是家里唯一的经济来源。他的兄弟雅各布和梅里奇已经到了乌拉圭，在那里定居了，也因此逃过了各种导致我家破人亡和六百万民族同胞几乎灭亡的大事件。

离家前往南美约两年后，父亲回到了塔尔诺格鲁德，与母亲和孩子们团聚，他再也不能与我们分开。一开始他本以为自己能在乌拉圭定居，但很快发现要在那里养育孩子的话，很难进行宗教教育，因为当时的乌拉圭没有犹太学校，甚至没有完整成熟的犹太社区。

为了撑起这个大家庭，父亲做了很多小生意，但最终都放弃了，后来他决定去批发水果。起步阶段，他先租了镇子郊区的几个果园。后来，又从邻村的农场主那里租了些果园，比如卢克瓦村、赫梅雷克村，还有些村庄的名字我现在都想不起来了。他

---

① 波兰东部最大城市，卢布林省的省会。

会在果树还在开花时就租下果园,这样就能对水果的最终产量有个估计。他很少估错。虽然家里从来谈不上富裕,却也靠着那些水果赚来的利润活了下来;另外,我们自己也有足够的水果吃,一家人都健健康康的。

"谢天谢地,我没有待在乌拉圭,"那时父亲常这样感慨,"因为在塔尔诺格鲁德,我们能够接受良好的教育,充分感知自己的宗教。"

父亲在乌拉圭时,生意非常成功,所以存下了足够的钱,回到家给我们建了一栋新房子,就在我外祖父家的房子旁边。外祖父名叫雷布·雅科夫,镇上的人们都亲切地称他"杨奇"。

外祖父年事已高,却仍然身强体健,充满活力。他和亲兄弟伊撒尔都结实魁梧,两人被镇上的人们戏称为"大个儿兄弟"。人们开玩笑说,这两人能肩扛整栋房子。外祖父在当地犹太儿童宗教学校当老师,光是听他讲故事,我就学到了很多东西。外祖母早已去世,外祖父的饮食是我母亲在负责,但除此之外,他把自己照顾得很好,住处也打理得井井有条。他总是以整洁利落的形象示人。我还记得他在我们两家的房前铺设好木板,这样我们去看他的时候,鞋上就不会沾泥,特别是冬天——因为当时还没有条件用混凝土。

虽然生活没什么大的结余,但对比一些邻居,我们也深感幸运,因为家里拥有两样特别奢侈的东西,让熟人朋友们都相当羡慕——户外独立厕所和一口小水井。我们只用井水来打扫和清洗衣物,也允许邻居们一起用水;而饮用水就得走一段路去打了,但有时候也能出点钱,请人送水上门,这样日子就更轻松了些。

镇上很多居民都和我们一样贫穷,和大部分家庭一样,我们的家布置得很简单。大房间的中央放了个大烤炉,当作父母卧室和餐厅的分界。烤炉既用于烘焙,也用于家里人寒冬保暖。我们还有另外一个炉子用来做饭。家里没有煤气,也没通电,木头是唯一的燃料。每个礼拜二,镇上的赶集日,我们就会得到一个礼拜需要的木头量。父亲和一位农民订下长期协议,他收取一定费用,赶着马车将树干送到我家门口。

尼特卡(意为"细线")河从我家附近流淌而过;因为井水不够那么多人使用,我们会把所有的衣服都拿到河里去漂洗。这条河就像一个神迹,将衣服灌洗得干净到发亮。夏天,我们也会在这条小河里清洗锅碗、炊具和刀叉,晾在木条箱上,让阳光来晒干。我们从未享受过什么奢侈的生活,从小就习惯了这样过日子,明白父母为了让我们有饭吃有衣穿,已经非常辛苦了。他们也努力保证我们的幸福快乐。在家里,吃早餐前总要做早祷;夜晚睡觉之前,还要做晚祷;吃完东西之后,要做感恩祷告。我享受着这种生活,充实愉快,从不奢望超越父母承受能力之外的东西,也永不忘记感谢万能的主,感谢主赐予我们眼前拥有的一切。

我最爱的消遣,是玩尼特卡河水底的那些卵石;而且渐渐玩得炉火纯青,能把四五个石头同时扔到空中,再一次性全部接住。河对岸有麦田和果园。我很喜欢在环绕麦田的狭窄草埂上散步。不过我最喜欢的还是躺在树下,仰望美丽的蓝天。大树们一直是我最好的朋友,我在树下做功课,也从中汲取创作的灵感,写出波兰语或意第绪语①诗歌。

每年夏天，酷暑难当时，我们就离开家，到租的果园去避暑。每个果园中间都有一间小屋，我们会带上炊具、食物、毛毯等必需品。妈妈在小屋外架起小火炉，做饭给我们吃，我们真是太喜欢啦！硕大的园子里，我们这群小孩都睡得舒服安稳，不过爸爸妈妈还必须时刻小心，不让任何人偷走已经成熟的果实。清新的空气让我们每个人身体健康，食欲良好，暑假终了，我们回到家时，都焕然一新，精力充沛。

我热爱户外生活，但更喜欢回家开始新的学年；我热切盼望着升入新的一级，探索新的学科。我从来都不明白，为什么有些朋友那么渴望永远离开学校。他们没想清楚，一旦离开学校，就再也回不去了。家里供不起我上私立犹太学校，所以我上的是公立学校。即便如此，我也严格遵守着所有的戒律，甚至教会那些不信奉犹太教的女孩做祷告感恩主赐予我们食物。

我们的社区非常团结，欢乐的时光大家共度，悲伤的时刻又互相安慰。有镇民结婚，全镇人都会一起庆祝。我们开开心心的，从不在意总是穿着同样的衣裙。我们是一个快乐的大家庭，和所有的朋友一起享受着乡村生活的愉悦。我的童年从没有一刻是枯燥无聊的。

---

① 意第绪语（Yiddish），西日耳曼语支中的一种语言，主要由犹太人使用，以德语为基础，希伯来语和其他语言曾对其产生影响。——编者注

2. 学校的奇怪课程

如此好运,并不长久。1936年,肆虐的雹暴摧毁了我们那一片的所有庄稼,也让我们相对的宽裕生活戛然而止。生活变得十分艰难,有时候钱也不够用。尽管如此,爸爸妈妈仍总在鼓励我们,要我们信任上主,振作起来。与此同时,我们也必须想尽办法,让衣服穿得更久一些。

全国经济局势不断恶化,地方危机突然引发了穷凶极恶的反犹情绪,由此引来的冲击波横扫波兰的每个犹太社区。塔尔诺格鲁德也不例外。不过,一开始,因为自然灾害已经让家中一贫如洗,我们这些孩子并未对政治风暴有明显感觉,还是继续快乐地生活;我们年纪太小,尚不知忧心滋味。

我们镇子很小,却有两所学校。我上的那所叫"扎加科瓦",是河岸边一栋美丽的建筑,周围有花园和宽大的操场。有时我们会到附近马伊丹的林地里去郊游。我真心爱着这样的活动,因为可以从过于拥挤的家中解放几个小时,徜徉在树木葱茏的广阔绿原之中,这里就是我热爱的乡野。

冬天,我滑雪去上学,朝着学校一路奔去,这可谓冬季的一项"强制运动"。放学后,我们有属于自己的冬季运动。游戏时光非常充足,因为一直到春天,积雪都不会融化。星光璀璨的蓝黑色天空中,明月高悬,闪闪发光的白雪在冻土上积起厚厚的一层,我们每天傍晚都会爬上不同的山头,兴高采烈地从另一侧滑下,夜晚凛冽清新的空气从耳边呼啸而过。玩得兴致勃勃的我们回家时,脸蛋都红扑扑的,胃口也很好,而妈妈们也已准备好热腾腾的饭菜等着我们。

在我眼中,这一切都是如此美好;我深深相信所有人都是我们的朋友。直到后来,我才醒悟,自己错得有多么离谱,多么幼稚。

不久以后,我们这些犹太学生逐渐感到上下学路上不太安全;很快,教室本身也变成了犹太孩子们的危险之地。

按照课堂惯例,每当有老师进入教室,我们都要全体起立,等他命令我们坐下再坐下。有一天,我还在半睡半醒中,听到坐下的命令后,晚了一秒才反应过来。那位名叫斯穆特克的老师突然走到我面前,用尺子狠狠地打我,把我痛晕了过去。恢复意识后,我完全不记得发生了什么。课间休息时,朋友们告诉我,因为我坐下得不够快,斯穆特克就把我打到失去知觉。这位老师根本不知道我当时很疲倦,且还在半睡半醒间,因为晚上我都是和一两个姐妹挤一张床睡。但我求知若渴,只能默默忍受这种冷漠的羞辱与体罚。

有位老师人称"魏斯先生"[①],也许是德国裔,常常说一些话来威胁我们,比如"就等着德国人来吧"。我们并不明白他什么意思,也没跟父母说。

如此热爱学习的我,很快竟也对去学校感到不安了。但我总是比较坚强,爸妈常说我要是个男孩,那就太合适了,因为他们只有一个儿子,比我大两岁的哥哥,名叫耶希勒·格尔肖。

一天,魏斯先生让所有犹太男生留堂了。我哥哥耶希勒也在其中。他们没有犯任何错误,却都挨了他一顿藤条。妈妈们听

---

① 原文是"Herr Weiss",德语。

说了这件事，伤心又生气，集体去他家表示抗议，结果他嘴里喊着各种蔑称，将她们赶走了。学校是必须去的，男生们别无选择，只能继续去上课。

至今我眼前还能浮现出每天早上妈妈和儿子道别时，脸上那悲伤的神情。我们没法找警察投诉，因为也很害怕他们。直到今天，我都会对路遇的每个警官报以礼貌的微笑。他们一定对我这种"示好"感到有些奇怪。从小到现在我一直觉得，如果我们"表现好"，而且"懂得感恩"，警察就会成为我们的朋友，或至少会和我们相安无事。

3. 有教有类

警察并没有与我们相安无事。日子每过一天，犹太社区人们的生活就更难熬一点，反犹主义行为越来越普遍。

那时每天早上有位老爷爷专卖犹太贝果，他会将自己的货品整齐地摆放在大柳条篮子的白色纸餐巾上，带去镇中心广场上兜售。我目睹一个大块头警察踩在篮子上，用脏兮兮的靴子把贝果踩烂，老爷爷被他吓得目瞪口呆。他扬长而去，没有表现出任何悔意，我甚至还看到他脸上挂着微笑。随着巨大的悲剧不断展开，我还见证了很多这样给人留下心灵创伤的场景。很快我便看清了，这世上坏人比好人多；我也从一个无忧无虑的孩子变得严肃正经，因为逐渐看到了一些以前从未想象过的事情。在那一年里，我逐渐意识到我们的处境变得多么艰难，个人成长到这样成熟的程度，放在平常要花好几年。但生活还是如常进行着，因为我们的小家很幸福，孩子都很听爸爸妈妈的话。他们叫我们别担心，我们就装作不担心。

不久，我们就陷入了极度贫困，连御寒急需的羽绒被都买不起。波兰的冬天严寒难挨，家中几乎没有供暖设备，只有母亲做饭时的热气能稍微缓解一下寒意。爸爸妈妈一如既往地想尽办法，决定自己做羽绒被。全家人围坐在一张大桌子前，从硬硬的鸭羽干与鹅羽干上拔下绒毛。我们很喜欢这样共度时光，几次之后，拔的毛够做一床鹅绒被了。妈妈并不是专业的裁缝，但还是想办法做了被套，我们全家出力，把绒毛填进去。填满之后，妈妈再把那个填羽毛的缺口缝上。每当需要多一床羽绒被，我们就会重复上述过程。邻居们家里也是这么做的，因为全镇都找不出来几个富人。

爸爸妈妈都是音乐爱好者，做羽绒被时，经常和我们一起唱歌。有时候，他们会让我们背诵已经熟记于心的诗歌；因为知道很多诗歌，所以我们从不感到孤独或无聊。有了新的羽绒被，波兰漫长而寒冷的冬天里，我们的身体也感到温暖和舒适。一想到这是自己亲手做出来的，心中就充盈着极大的满足感，更喜欢躺在被窝里睡觉了。它们是这个屋檐下除了食物之外最重要的必需品。

有时我会偷听父母和他们的朋友不安地讨论世界时事，但那时还是太小，大人的事情我不懂，也并不真正关心。当时的我觉得，这些都不是我该关心的问题。在我心里，父母唯一的忧虑，就是如何让我们这个大家庭吃饱穿暖。

我父亲的母亲瑞芙卡丧偶后再婚了，新婚丈夫叫摩西·布兰德,是位善良有礼的先生。他们住在一个名叫皮兹尼卡的遥远村庄,靠近尼斯科①。他们似乎过得比较富裕,因此每次父亲去看望他们之后,都会带很多熟食和腌肉回家。祖母守寡的时候曾在华沙一家餐厅做厨师,再婚后就不再工作了,但总会做美味的菜肴和精美的蛋糕,请朋友们带给我们。那时候,战争还未爆发,但我们还是经常饥肠辘辘。

我学习很用功,所以即便是个小孩子,胃口也总是很好。直到今天,我都还记得学校里要求选自己最喜欢的主题写一篇文章,我写了食物,逗得每个人哈哈大笑。

按照当时波兰的惯例,我的大姐巴拉在十四岁时就不再上学了,于是祖母邀请她去皮兹尼卡,资助她学了顶尖的裁缝制衣技术。十八岁,她出了师,结束了学徒生涯,就到华沙做起了自己的裁缝生意,规模小,但很成功。

爸爸妈妈总是跟我说,等我读完书,做完学徒,就去华沙和大姐一起干。我对那个大城市很好奇,也很想去看看;心中也十分爱重和钦佩巴拉,但对自己的未来却抱有不同的想法。我觉得自己的能力应该不仅仅限于去做裁缝——只要我有更多的学习机会。我爱学校胜过一切;每一门新学科都叫我入迷,而且我总是努力争取名列前茅。爸爸妈妈非常满意我的表现,总会给我特别奖励,比如一个大大的红苹果,我吃得很开心。他们也买不起更贵的奖品了。

只要有政府督学安排到校检查,我就会被派到前排,坐在校长旁边。督学来之前,我会得到一件新校服,当天临时穿穿。

---

① 波兰东南部卢布林省的一个城镇,位于圣十字山脉和圣十字湖之间,靠近乌克兰边境。

我自己的校服其实很干净，但因为经过了多次洗涤，有些地方打上了补丁，还有点褪色。那也是我穿的最后一件校服，整体灰色，口袋有白边；白色的领子，两边角落都有刺绣的小花。

督学来时，会考我们所有的科目，问各种各样的问题。我总能给出正确的回答，校长非常高兴。在其他场合，校长几乎注意不到我，甚至有时候都不搭理我的问好。也许是看到我穿着褪色的校服，有点不顺眼。

课堂之外，老师们也教育我们要勤劳肯干；学校不需要清洁工，因为每个学生，无论男女，都有义务轮流扫地和保证教学楼的整体清洁。也因为如此，我们都拥有一种强烈的主人翁自豪感，爱校如爱家。

还有其他关于谨慎这一美德的教导。学校文具店上方的墙壁上贴着巨大的波兰语告示："此处不许赊账！"即便年纪还小，我们也明白金钱的价值，习得了不超前消费的自律——这是我受益一生的教诲，尤其是在童年时期。

我们住的那一片有很多树，家旁边就长着一棵榛树。树皮很容易剥落，我们还用它的树枝来制作计数棍和口哨。那时候，家里没钱买新玩具。

放假时，我常常步行两小时，去到一个叫作下卢胡夫的村子，看看我的舅舅艾布拉姆。同一栋大房子里，住着舅舅、舅妈的家人，还有舅舅的姐夫西蒙及其家人。一家子都是小户农民，还拥有一间小杂货店。虽然多年来都一起生活，也共用餐厅，却从没有过争吵，与我舅妈年迈的父母和睦相处。

我虽然年纪很小，却已经懂得欣赏那种生活方式了。我很喜欢干农活，特别是用镰刀收割玉米（那时候还是用这种老办法来收玉米的），或者挖土豆，这个我可擅长了。

我最喜欢的农业"娱乐活动"是照顾奶牛，因为这种时候就我一个人，可以把在学校学的歌尽情地唱个够。要是有别人在，我是不怎么能唱的。我自己倒是很喜欢唱歌，但别人并不太能欣赏我的音乐才华。只有像这样完全独自一人的场合，我才能纵情歌唱。这些歌唱的时光，也是我改进波兰语发音的好机会。波兰的重新统一不过是1918年的事；而我的爸爸妈妈一直到二十岁出头都还生活在沙皇俄国和奥匈帝国的统治下，所以波兰语不够流利。那时候我还全然不知，这门语言后来会在生死攸关的时刻，救了我一命。

4. 战火乍起的暑期

1939年8月末的一个晚上，我在舅舅家农场的暑假也快要结束了。那天我早早就上床睡觉，突然被外面的声音惊醒了，于是起床去农场周围散步。我抬头看着漆黑的天空，上面降下了好多士兵，个个手持大步枪。

第二天，我们得知，德国已经入侵波兰。我决定回家和家人在一起。我还没有完全意识到战争究竟意味着什么。学校的历史书只是告诉我很多士兵在战争中死去。我做梦也想不到，会有数百万无辜的人和他们的孩子，仅仅因为宗教信仰或文化背景不同就被残忍屠杀。

暑假终于结束了，尽管事态在不断加剧，我仍然热烈地渴盼着新学年的开始，升入新的年级。我也迫不及待地要回家告诉爸爸妈妈，自己已经拿到表哥伊莱用过的教科书，所以他们不用花一分钱给我买新书。而那之前，我都是从朋友那里借书来写作业的。拿到手的这些书是多么珍贵啊，我多么珍惜它们啊，用有花纹的纸把它们包起来，自豪地在每本书上写下我的名字和"六年级"几个字。

收假后的第一个礼拜五晚上，父亲从会堂回到家，告诉我们德国人已经在前一天占领了离塔尔诺格鲁德约60英里（约96.6千米）的小镇万楚特。

看我们一脸的担忧惊惧，父亲又安慰说："事情很难比现在更糟糕了。"这话让我们一下子又平静下来。他让我们别担心，一如平常地生活。

"谁知道呢？说不定日子会变得更好呢。"妈妈说。

由于没有收音机或报纸，爸爸妈妈对真正的世界大事一无所知。在我们镇上，只有有钱人才买得起收音机或报纸，波兰语流利的成年人都很少。妈妈给生活在巴勒斯坦的兄弟写信，用的还是德语。

第二天，我们听得到密集的枪声，波兰士兵英勇地守卫我们的小镇，抵御强大的德军铁骑，然而却毫无招架之力。因为没有预警，猝不及防，很多人都在战斗中倒下了。每当听到德军大炮的巨响，我们全家都会匍匐在地。不久，我们就听到德军铁骑往塔尔诺格鲁德进军的脚步。

所有人，尤其是孩子们，都排成一列，带着满脸的仰慕和崇敬盯着纳粹士兵锃亮的靴子与笔挺的军服。我亲眼见证，他们没有遇到太多人反对，因为每个人都是那么精神抖擞，脸上带着不可一世的骄傲。队伍最前面是坦克,接着是骑兵,最后是步兵。

"这些是真正的士兵,"我的几个朋友说,"可不是图画书里那些。"

很快,这种欢欣就结束了。因为我们目睹了一个犹太小男孩被冷酷地用枪爆了头。他当时正跑回家把看到的景象告诉爸爸妈妈。这下我们都害怕了,不敢跑了,只能缓缓地离开,个个垂头丧气。到家后,爸妈让我们每个人都背诵《诗篇》[①]。全家人都意识到了,这是一支残酷无情的军队。

我开始好奇那些士兵的目标,但还没有完全认识到我们的处境有多么危险,也没法判断其他人的看法。我努力不再去思考这些"哲学问题",而是继续履行自己的职责,比如帮妈妈照顾年幼的妹妹们。

很快,局势就急转直下,让我们所有人都深感恐惧。

5. 不一样的士兵

离我们家不远的地方住着一个富裕的基督教家庭,他们有台收音机,在那时是个奢侈品了。那家的女儿是我的朋友,她邀请我去她家里听新闻。听到的内容让我愤怒不已,气血上涌。我

[①] 《诗篇》,希伯来语中称为Tehillim,即"赞美诗"。犹太人将《圣经·旧约》的书卷分为三类:摩西的律法、先知的书和《诗篇》。《诗篇》的主要内容是对主的赞颂与祷告。

说不出话来，在椅子上坐了好几分钟才能起身。新闻评论员在播报希特勒的政治宣传内容，说他已经保证，要是到1944年还有任何犹太人存活，他就会向其致敬问好。

那天晚上，我躺在床上，想象着这个叫"希特勒"的怪物究竟长什么样子，因为没法想象他长了个人样。我决定不把广播里的内容告诉家人。有很长一段时间我都没对任何人说。我觉得即便说了，也没人会相信我。

不久，我们就与镇上的基督教信徒隔离了。一天，我们听到了街头公告员的声音——在这之前还从未听过。他手持大铃铛走遍全镇，把所有居民都召唤出门，然后宣布，不许犹太小孩再去学校上学。事情走到这一步，我终于哭了，感到这只是个开始，还有更可怕和不确定的未来等着我。但在当时，那就是我最大的担忧。

我决心充分利用表哥给的那些珍贵教科书。每当帮妈妈打扫完家里或照顾好妹妹们之后，我就躺在门外的草地上，大声朗读并自学历史、地理、波兰语和我热爱的自然科学。我唯一不能独立掌握的科目只有算术。我多么希望大姐巴拉能在家辅导我功课啊。那时我根本不知道，华沙已经遭遇了轰炸，巴拉和许多像她一样的人已经在返回家乡的途中，他们觉得那些小镇上的生活应该会宁静一些。但他们很快就会失望，因为德国人迅速占领了波兰全境，连最小的城镇和乡村都不放过。

我的犹太同学们也一样无学可上，百无聊赖的我们决定组建属于自己的"学校"。我们读书给彼此听，还会自行规定每日必做的功课。能扮演老师的角色，我们都挺兴奋的。因为大量朗读，我的波兰语发音有了显著进步，听起来不像犹太人，像个土生土长的波兰女孩,就像我外表看起来的那样。我有一头淡金色头发、一双蓝眼睛及白皙的皮肤,不像姐姐巴拉的黑色头发和棕色双眼。此后数年,在很多情况下,我的外表也成为死里逃生的重要因素。

我虽然年纪小,却也很快成熟起来,意识到未来的命运。我决定奋力抵抗。巴拉从华沙给我寄来连载杂志《萨宾娜》,我认真阅读,拓宽了思维。姐姐还会写来长信,描述在那座大城市的生活,也让我无比着迷。比如我就很难理解,在华沙竟有人不认识自己的隔壁邻居,就因为大家都是各管各的事儿。在我们塔尔诺格鲁德这个小镇子,所有人都知根知底。我是个友好善良的孩子,却也认为有时候个人隐私很有必要。但在我们镇上,隐私是不存在的,大家伙儿像个大家庭一样生活。

我期盼有一天能亲眼见识一下那个大城市。在母亲眼里,我已经是个裁缝了。我不是很会把破衣服缝补得看不出丝毫痕迹吗?我不是很清楚如何用硬纸板与各种布料拼接制作手提包,还能在上面进行刺绣吗?虽然家里很穷,但母亲几乎每条裙子都有单独相配的手提包,这都多亏我的手艺和巴拉寄回家的布头。

很快,城市生活就变成一个我仿佛永远无法实现的梦,因为我们这片的塔尔诺格鲁德变成了一个犹太人隔离区,也就是所谓的"隔都"(ghetto)。每当我难过的时候,就会想想"哈希姆"[①],我唯一信仰的神,以此来让自己振作。我向神祈祷,突然间就会充满力量。我相信自己能对抗所有的敌人,为家人和一切受压迫的人民赢得自由。我甚至暗暗梦想着,能神不知鬼不觉

[①] "哈希姆"(HaShem),即希伯来语发音中的"耶和华"。

地闯入盖世太保的总部，用一根带钩子的长棍杀死所有人。我们确实拥有这么一件"武器"：要是取水的绳子断了，我们就用这种棍子取回留在井底的水桶。不过，我也仅限于做做梦而已。

持续的饥饿让父亲苦不堪言，身体虚弱，然而他还是花了许多时间，将树干劈成柴火。我们用他节省下来的一丁点钱，买了少得可怜的食物。但这也只是杯水车薪，撑不了多久，很快我们就被迫卖掉了床单、大部分的炊具餐具和照明设备，只保留了一盏小灯，让一家人不必干坐在完全的黑暗之中。

爸爸妈妈和我们一起唱歌、玩游戏，让孩子们不至于垮掉。我们什么玩具也没有，却自行发明了很多游戏。年幼的孩子们因此开心起来。

没过多久，我们家，以及整个犹太社区，都饥肠辘辘，濒临绝境。身边的惨象让我无法忍受，尤其是三个年幼的妹妹，她们已经虚弱得哭不出来了。我既是姐姐，也是最大胆的，于是开始想办法为挨饿的家人搞点食物。我还想再找个女孩，一起去执行这艰巨的任务，但没找到合适的同伴，只能很快决定独自一人开展这个秘密行动。

很快，更多的麻烦来了。一天，街头公告员宣布，每个犹太人——男人、女人，甚至是孩子——都必须随时佩戴黄色的大卫之星。这个标志必须被缝在白色背景的衣料上，以便从很远的地方就能看清。给我们带来苦痛的那些人，他们无视生命与尊严，并宣布，只要违抗这个命令，就将被处死。

那时，我常常观察那些士兵。我从未去过德国，很好奇这些人的祖国是什么样子。现在，波兰成为他们的了，我们也是他们的了。我们沦为他们的财产，我们拥有的一切也都属于他们

第1章 出逃 017

了。我一向平和友好，很多时候却也被惹得非常生气，很想找个士兵打一顿，夺走他的枪，把他们都突突了。

纳粹傲慢跋扈，禁止我们在犹太会堂进行礼拜，也禁止任何形式的三人以上集会。我们的会堂是修建于18世纪的美丽建筑，坐落在一座小山顶上，很快就被改建成了德国骑兵的马厩。小一些的贝尔泽会堂则被改建成医院，伤寒之类的病人都被关了进去，因为很多流行病正在小镇肆虐。纳粹不允许任何人进去帮助那些不幸的人，他们没有药，没有食物，每天都有很多人死去。我们家没有任何人感染那些疾病，原因说不清，因为我们就住在医院附近。也许是因为病菌也没能从垂死的宿主那里得到足够的营养，传播不了那么远。

家里山穷水尽了，我和十四岁的哥哥耶希勒决定离开家，去周围的村庄向农民或士兵乞讨食物。就在那之前不久，我拆了几件旧毛衣，为七岁的妹妹克雷塞莱织了一件开襟衫。我把那件衣服一起带了出去，换了一条面包、几个土豆和几个鸡蛋。虽然这件衣服换来了不错的食物，看到它被穿在某个残忍士兵的孩子身上，我仍然很不高兴。时至今日，但凡看到锯齿花纹的针织开衫，尤其是用红、白、蓝三色毛线织的，仍然会有一股寒意直蹿上我的脊梁骨。

在各个村里乞讨时，我们也得到一些农户的面包与牛奶的款待。我们捧着这些新得的宝贝，兴奋地往家赶。我和哥哥都很饿，却也压抑了想咬哪怕一小口面包的冲动。我们想和家人一起分享这些食物。我想象着，妈妈一定会用这些东西做出一顿大餐，而克雷塞莱是牺牲了自己开襟衫的功臣，她能多得一大份。

我们离塔尔诺格鲁德不远了，应该没什么危险了。我眼前浮现出不久之后的场景，全家人会和我们拥抱亲吻，感谢我们把如此美妙的食物带回家。突然，我警见两个骑着高头大马的纳粹党卫队军官，他们穿着谁也不会认错的黑色军服。他们也看见了我们，吼了起来，那傲慢优越的口气我已经再熟悉不过："站住！"

我们本能地跑进了一片玉米地，又听话地站住了。他们也停下来，举枪瞄准，对我们开了枪。我假装被打中，摊开双臂倒下了。我在地上一动不动地躺了几分钟，心中祈祷着哥哥也采取了和我一样的行动。两个纳粹军官应该觉得把我俩处理得不错，骑着马扬长而去。我微微抬起头，发现耶希勒再也站不起来了，顿时惊呆了。他被击中了，当场死亡，甚至没来得及发出一声呜咽。

我又躺了一小会儿，不敢起身，生怕那两头畜生又回来检查，但他们没有，一定是觉得任务完成，去找别的目标了。我明白自己必须冒着巨大的风险努力回家，不可能永远躲在这片玉米地里。

我甚至无暇流泪，怕有人听见声音来打听怎么回事。离塔尔诺格鲁德还有一段距离，所以我还不算完全脱险。我知道，哥哥永远不会再感到饿了，因此，他算是比我们这些还苟活在世上的人更幸运。但我也知道，亲爱的爸爸妈妈不会这么想。他们失去了一个孩子，唯一的儿子。

我暗暗羡慕起耶希勒，痛恨如今落在自己身上的"任务"，我得亲口告诉亲爱的爸爸妈妈，他们唯一的儿子，他们挚爱的孩子，已经不在人世了。现在的我已经算得上个"专业乞丐"了，捡起袋子，甩到肩上，步履沉重地往回家的方向去。在公路上我再没遇到别的德国人,然而一进入小镇的范围,就看到了很多士兵。奇迹发生了,他们居然没注意到我,似乎都对我视而不见,仿佛我根本不存在。我摸了摸自己,确定还活着,继续向前走去,感谢哈希姆拯救了我。我也不知道这种幸运还能持续多久。

到家了,我的情感仍然处于压抑状态,处在亲眼见证自己哥哥被冷血残杀后的震惊中,甚至哭都哭不出来。眼里没有一滴泪珠,久久说不出话来。爸爸妈妈根本不用多问我什么,就完全明白究竟怎么了。他们安静地到外祖父家中哭泣,免得妹妹们听到。

我们都悄悄地为耶希勒哀悼,但三个小妹妹却浑然不觉,还在为我带回家的食物欢欣雀跃。她们还太小,无法理解这突如其来的惨剧,她们一定觉得耶希勒还在外面为她们讨要食物。

现在,我们面临另一个需要处理的问题。镇上年轻的送水工是个傻瓜,连自己多大了都说不清。大家根本没注意过他,直到德国人将他任命为线人。为了表彰他提供的服务,他们赐给他一所好房子和一套德军制服。他从来没觉得自己这么重要过。狡猾的纳粹利用他的工作,让他背叛了自己的同胞,命令他找出那天有谁的孩子离开过隔都,并一一进行盘问。

听说送水工的新身份之后,我很清楚自己必然的使命了:我必须成为一名战士。虽然没有枪,但我拥有强大的武器,那就是生存下去的强烈意愿。我绝不会如此轻易地屈服,绝不会给这个蠢蛋出卖我的机会。

我费了一番力气,和我的猫一起,从家后面溜了出去。这只猫和我的情谊由来已久,从我很小的时候起,她就总是跟在我后面打转；我和别的孩子一起玩耍时，她就安静地坐在我近旁。玩伴们总是开玩笑说，游戏都是这只猫替我赢的。

猫咪和我很快就来到了尼特卡河对岸，又匆匆离开那座大花园，往田野奔去。我又自由了，虽然这自由只能持续很短暂的时间。我很饿，吃起了我壮着胆子从家里偷拿出来的一点食物；我明白，要是没东西吃，我积蓄的精力很快就会消失不见。

不出我们所料，送水工很快报告德国人，耶希勒和我是索雷尔家的孩子，他们强迫父亲去把我们埋了。没有任何人去把"犯罪"现场再检查一遍，德国人一直没发现我已经逃了。从那时候起，我再在家里住就不安全了；但凡我回家，都是为了给已经绝望而饥饿的家人们送吃的。我认定，不戴大卫之星，自己会更安全，于是每当回家之前，都会把它摘掉。我把它放在口袋里，随时准备遇到德国人就戴上。不过这也没什么帮助，因为我是不被允许离开隔都的。要是真的被发现了，他们一定会开枪把我杀了。

我必须回家的另一个原因，是要代替巴拉做事。她已经从华沙回来了。大家不叫我"玛拉"了，都改口叫"巴拉"，其他人也心照不宣，没有出卖我。巴拉一直在家躲着，因为家人认为我比她强壮得多，更能忍受外面世界的痛苦、饥饿与孤独。我也知道，自己一个人在外面，比和家人在一起要安全。只要做起祷告，我就重燃希望。我全心信任哈希姆能让我的祈祷成真，仿佛婴孩信任母亲。

我好孤独，想起我的猫咪，她总是用温柔的双眼注视着我，仿佛明白我的伤痛。我给她取名"玛拉赫"，希伯来语中是"天使"之意。我还想象她是个真正的天使，就这样守护着我。

第1章 出逃 *021*

我当然知道，自己并不值得一个真正的天使来守护，然而我仍然很高兴，猫咪能够跟着我到处游走。我没有食物给她吃，真是抱歉。我也害怕她活不下来，但没有我的帮助，她似乎也活得很好。

虽然我多次偷偷溜回家，爸爸妈妈却不允许我带猫一起进去。不过，每当我从隔都溜走，猫咪总是等在那里，连邻居都不曾注意到她。那时候我还不知道，这只猫将在我以后的人生中扮演无比重要的角色。

万幸，我通过努力，找到了食物，带回了家，而且避开了一切耳目，没人看到我进入小镇，唯一的目击者只有猫咪。

6. 有天使在守护我

1940年冬天，严寒刺骨，德国人命令孩子们（其中最小的只有八岁）拿铲子去清理道路，因为积雪太深，汽车无法通行。有些孩子才刚和他们挥起来的铲子一边高。那时我快满14岁了，意志坚强，即便手指和脚趾都冻僵了，也能照常做事；饥饿也不是问题，我都习以为常了。但很多比我小的孩子就那样死在了雪中，他们承受不了那毫无人性、残酷无情的对待，而那些可怜的爸爸妈妈也帮不了他们。

有一次，我冒名顶替"巴拉"去干活，我所在的女孩组被带到了盖世太保总部，设在本镇教士美丽的住所中。住所周围环绕着高大的树木，还有冬日封冻的花园与花坛。温度零下的天气，德国人要求我们用冰冷的水洗车。很快，我们的手指也仿佛冻住了，进度也慢了下来。监督清洗车辆的士兵举起警棍打在我们身上，催我们快点。我满心羡慕地想起哥哥耶希勒，他已经不用再承受这一切了。我想好了，我也受够了，下定决心冒一个巨大的风险，即便很清楚会有什么后果。我为爸爸妈妈感到难过，他们即将失去另一个孩子，但我真的受够了。我的双手已经麻木，我不要再为盖世太保洗车了。我做好了死去的准备。我不害怕，或者至少装出一副不害怕的样子。我也不理解自己是怎么想的，不知道究竟是什么促使我这样干，但我已经下定了十二万分的决心。我不要再受苦了。

我向心爱的猫咪展露灿烂的微笑，对她说了再见。接着，我走向士兵。"要么你不要再打我们，要么我就不洗车了。"我对他说。

"你说什么？"他问道，"我是不是听错了？跟我过来。"

我跟着他进入一个房间，有一名高级军官坐在那里。他叫那个士兵出去继续监督别人，我就由他来处置。

我想着，他可能会在这美丽的房间里开枪杀了我，但他没有停下写东西的手。我站在一旁看着他，等着他取下挂在墙上的大号霰弹枪，希望很快就不再感到寒冷和饥饿了。他会怎么杀了我呢？如果是要赤手空拳，我会在死前也让他受一点伤。又或者，我可能会先把他给杀了？不！那样的话我们全家都会遭受残忍折磨，然后再痛苦地死去。要死的话，还是让我来吧，不要拖累了全家。但我要是死了，又要换谁去乞讨食物呢？我认定，要是失去我这个助力，家人们也撑不了多久，我们很快就会在天上团聚了。

我又看了一眼那个军官，心里松了口气，因为他和把我带进来那个士兵不一样，面相要和蔼得多。但他可是这里的盖世太保头头，我提醒自己，看他身上戴了多少奖章。终于，他开口对我说话了。

"把你的手洗干净，给我铺好床。"他吩咐我。

我小心翼翼地执行了他的命令，精心地铺好床，确保床单像我刚才看到的那么整洁干净。

"好了，把我的靴子擦干净。"我铺好床后，他又吩咐道。

我擦亮了那双高筒靴，盖世太保的人都穿这样的靴子。能暂时躲避户外的极寒天气，我觉得挺舒服，但明白只是暂时的。

"好了，把地板洗了。"他用非常文明温和的语气吩咐道。

我干活的时候，他继续写东西，但我发现，他一直在打量我。突然之间，我看到泪水从他的脸颊滚落，这景象真是难以置信。我也跟着哭了起来。他一定是在为我遗憾，我对自己说，因为他得开枪杀死我了，看样子他也并不喜欢这样。

"这是你的猫吗？"他指的是偷偷溜进来，一直盯着我的玛拉赫。

"是我的猫，"我说，"我觉得她是属于我的天使。"

"你得发誓，接下来我做的事情，不能告诉任何人，"他说，"我会从后门送你回家，还有，这个给你。"

他给了我一大块面包和一袋糖果，嘱咐我要是路上被人看到，千万别说是他给我的。这转折太突然了，我有点蒙，带着这些宝贝开心地跑回了家，不明白自己为何受到如此优待。

"有天使在守护我，"回家路上，我对自己说，"不然不会发生这样的好事。"

我给父亲讲了今天的好运，他说："那不是个普通的男人，而是暂时坐在盖世太保办公室里的天使。"

我和家人一起吃了点面包和糖果。留下一些放好，之后再吃。每个人都亲吻了我，说："要是没有你我们可怎么办啊？"一死了之的打算没有实现，我很高兴。

但我也没时间放松，满脑子嗡嗡响，想着下一步该怎么办。我拿出《诗篇》，开始祷告。真希望能随身携带《诗篇》，但我明白这样会危及生命。念了几篇之后，我觉得坚强了些，仿佛有别人的力量涌入自己的身体，并随之滋长了我活下去的决心。

我一次又一次地摘下黄色的大卫之星，和猫咪一起离开隔都，爸爸妈妈也没有责备。不管是不是冬天，隔都都不是我应该待的地方。生活已经太绝望了，连水都成了稀缺品。人们会冒着很大风险，去附近的井边，打一桶宝贵的水回来。

现在我面临两个选择：要么被枪打死，要么饿死；后者死起来要慢得多。我不知疲倦地走遍了镇子周围的很多小村，不顾一切地为饥肠辘辘的家人乞求食物。我不断向爸爸妈妈保证，自己一点也不害怕，他们别无选择，只能相信我。在这么绝望的情况下，没人敢展露任何情绪。全家人都清楚，不久大家都会死去。

镇上有些年纪大点的姑娘，包括我的姐姐巴拉，设法取得了假的出生证明。而我还没到能办身份证的年纪。不过，后来她们发现,那些假证明反正也没用,只是某些波兰人从命运已注定的受害者那里敲竹杠的敛财手段。

7. 未完成的黑暗计划

听说巴拉与华沙一个小伙订婚的消息,我目瞪口呆,心想,世界都烂成这样了,他们怎么还会想让孩子降生?但他们也从来没有过生儿育女的机会。订婚后不久,她的未婚夫在试图离开隔都为家人寻找食物的时候被枪杀。从那时起,巴拉就没了活下去的意志。除了奉德国人命令去削土豆或者打扫士兵房间,她再也没有踏出家门半步。

我们这个隔都的人口日益增多,因为被从罗兹和卡利什等地驱逐出来的犹太人,有些来到了我们这里。我家小小的房子住下了二十五到三十个这种无家可归之人。他们心里都清楚自己必死无疑,却还是给孩子们唱起《我们要比他们活得更长久》这样的歌曲。孩子们也相信爸爸妈妈,因为他们还不谙世事。看着年幼的孩子对受尽苦痛的爸妈微笑,我也很高兴。我还不到做妈妈的年纪,真是庆幸啊,不然真没法开口告诉自己的孩子会有未来。

1942年初,犹太社区从傍晚六点到第二天早上八点严格实施宵禁。在这个时间段,但凡有人敢出门,就会被当场击毙。也是在那时,姐姐巴拉悄声对我说,想一起穿上安息日的衣裙,过桥去,走到古齐克先生的花园那边。

古齐克先生于几年前从南美洲回来,在尼特卡河的另一边为自己修建了一个美丽的庄园。光景还好的时候,他是父亲的好朋友,喜欢用西班牙语和他交谈。他身材高大,和蔼可亲,对犹太人很友好。德军入侵后不久,古齐克先生被迫搬进了一所从犹太人那里征用的房子。而他自己的房子则住进了一名德军高级军官;我们现在正打算去"拜访"一下这名军官。

"我们去古齐克的花园,"巴拉如此"通知"我,"等那个德国佬看到我们,一定会朝我们开枪,因为已经过了六点。"

我明白她说的是实话,只要出门,我们就活不过今晚。突然之间,眼前的抗争就显得毫无意义了,因为我们的命运已经注定。我们的宿命就是灭绝,向这命运屈服反而让人浑身轻松解脱。我想,再也不用做任何决定了,不用抗争了,不用逃跑了,不用整日被死神如影随形跟着了,真好啊。

巴拉和我迅速地穿戴整齐,两眼含着泪水拥抱了爸爸妈妈,心里想着这是最后一面了。他们已经虚弱不堪,根本不明白我们要做什么,也没有试图阻止我们。我们离开了家,往尼特卡河的方向走去。周围一片寂静,只有陪我们踏上这场悲伤之旅的玛拉赫,小步快跑着,发出几不可闻的声音。

我低头看着我的猫咪,不知道她会不会也被一枪打死。

"你不会死的,"我对玛拉赫说,"你是一只不平凡的猫咪。只有我们会没命。"

去花园的路上,我提醒自己,全家只有我能为大家寻找食物,我突然感到一阵良心不安。没了我,他们可怎么活下去呢?我心想。脑子里还闪过另一个念头,德国人杀了我们姐妹俩之后,会查出我们住在哪里,前去把其他家人都杀了,他们一直都是这么干的。

我向巴拉倾诉这些忧虑，但她只是说："现在回头也晚了，亲爱的玛拉。"

我们走到了那栋"命中注定"的房子附近，看见一个胖子纳粹坐在花园里，享受着新鲜的空气。精美的盘子上放着一个玫瑰色的苹果，他正吃得汁水飞溅。我们离他也就几英尺（1英尺合0.3048米）的距离，还在继续以正常的音量交谈。但他似乎没听到我们说话。我们又开始哼歌，他却瞥都不往我们这边瞥一眼。吃完那个果子，他就进屋去了。

我们既失望，又松了口气，踏上了回家的路。路上有带枪的德国士兵从我们附近经过。不知怎么的，他们都好像没看到我们似的。我们再次踏入家门，爸爸妈妈对于我们在这么危险的时候回家，几乎没说什么。因此，我们这次失败的任务，全家仍然被蒙在鼓里。

家里人满为患，我觉得烦躁不安且苦闷恐惧，于是站到一扇打开的窗边透气。我望着废土一般的隔都，突然发现一个士兵，他肩上扛着一杆步枪，站在山脚下。这是很常见的景象。宵禁时分，士兵们总是会带着贪婪的神色在隔都四处游荡，时刻准备"履行职责"，射杀任何一个敢在晚上出门的人。

眼前这个士兵一副无聊的样子，正四下张望。他迈步上山，向罗扎涅茨卡街走去，又突然停下。我觉得可能不应该再往窗外看了，但他的视线并不在我这个方向。有什么事情吸引了他的注意，我有点担心他接下来会做什么。他抬头看着我们某位邻居的房子，不知道究竟发现了什么。他向上凝视着，是那样专注。

028 小猫和我的战火逃生记

我已经很害怕了,但还是盯着他。很快,我就知道他究竟在注意什么了。住在我们对面房子的那家人,家里的女儿们很漂亮,其中一位正站在窗口向外望。士兵开口跟她搭讪,一顿夸赞。她吓到了,可能觉得他会叫她出去,而她只能遵守命令。等她一出家门,他就会举枪杀了她。她是不可以走出家门的,不管漂不漂亮。

一开始,她没理会此人的恭维。但接着她就犯傻了,觉得应该回应,也夸夸对方。

她略略鼓起勇气,朝他喊道:"你看样子是个好小伙。我觉得你不可能像你的朋友们那样,对我们犯下可怕的罪行。"

一瞬间,那个士兵就像全然变了个人。这姑娘说他比朋友们更仁慈,简直是对他极大的冒犯。他开口咒骂这位美丽而温柔的姑娘,从肩膀上卸下步枪,喊道:"你觉得我不可能做那种事?我和所有的朋友接受过一样的教育,我学得可好了。你觉得我是谁啊?走着瞧吧,你这个傻犹太。你很快就明白了。"

我满怀惊恐地看着他拿下肩上的步枪,一边对她大喊大叫,用最脏的话咒骂着,一边瞄准了她身边站的小妹妹。"你这个犹太蠢女人。"他喊了一遍又一遍。我看见他的脸涨得像甜菜头一样红。从前没有人如此低估过他的力量,而这个胆大包天的犹太姑娘,却敢当着他的面这么说。他要让她看看,自己"可能"做到什么,也因此,他没有把枪口对准她本人。

我听到那所房子传来哭喊,那晚我再也没有往窗外看过。我什么也做不了。我想朝他的头上扔个什么很重的东西,但也知道会造成什么后果。

整晚我都坐在椅子上,背诵《诗篇》,无法入睡。我眼前一直浮现着那个刽子手的身影，仿佛他此刻就在我身边。但我很高兴自己还活着；就在那个晚上，我决定永不屈服。我不会浪费任何时间，我会再次出去乞讨。这事的确很低贱，但我会学会享受它，因为能给家人带回食物我就开心了。那将成为我最大的乐趣。

我会继续在森林里生活。我会继续扮成基督教女孩去那些村子里，帮村民磨面粉，换得一块面包。我会教小孩子们读书，换一些牛奶或奶酪。我会尽己所能，不让自己和家人挨饿。安息日的时候，我会回到森林里休息。我突然想起自己年纪还很小，并提醒自己，每年生日朋友们都祝我能活到一百二十岁。那还有很多很多年，我还可以做很多很多事。

第二天早上，我离开隔都，去了邻近的一个村庄"工作"。我一直不知道那位小邻居是被当即杀死了，还是只受了伤。一想到那可怜的女孩，我就气得血都沸腾了。感觉就像是我的亲妹妹被射杀了，我祈祷那个士兵很快遭到报应。

"你看到我看到的事情了吗？"我问玛拉赫，当然并不指望得到回应。

但说出这些话后，我就好多了，伸手抚摸着她，也因此平静了一些。"请你郑重地承诺，永远不要离开我。"我对这位沉默不语的朋友说道。我努力想象，自己所见的只不过是个噩梦，但很快就清楚事实并非如此。我出门去乞求一碗热乎浓稠的汤，从一个善良的农妇那里讨到了。我帮她修理了一些东西。接着我就钻进森林中，那里有我临时的住所，那时那刻就如同天堂，只不过没有经文中描述的甜美果树。要是这里真的长着那些树，我也就不用离开森林了。

8. 小小养家人

时间一天天过去，我越来越坚强，活下去的决心也越来越坚定。能吃什么我就吃什么，自己也逐渐胖了起来。每天的饭食主要是牛奶、奶油和白色干酪，运气好的话，还有煮鸡蛋。

我多么希望能与心爱的家人分享这些食物，但我只能自己在农民们的餐桌上吃这些东西。他们并不知道我还有家人。

一次出去乞讨时，我去了下卢胡夫，探望舅舅艾布拉姆。他和他的家人，与我舅妈的姐姐吉特尔及她的丈夫西蒙，还有他们的孩子及父母都住在一起；非但如此，他们还被迫要和来自波兹南①的富有波兰农场主一家一起住。他们的土地已经被罚没充公，分配给了在波兰生活的那些"德意志裔人"②。

来自波兹南的这一家人看起来教养很好。对于不得不离开大农场和美丽的家，搬进拥挤的小农舍与陌生人住在一起的遭遇，他们非常心烦意乱。要是波兰农场主愿意，他本可以把我的舅舅这一大家子都赶出门去，但他动了恻隐之心，让他们留下了，还放手让我的舅妈戈尔迪管理居家事务，并为大家做饭。这

---

① 波兰西部的一个城市，大波兰省的首府。——编者注
② 德语"Volksdeutsche"，指的是一战后居住在德意志（德国、奥地利）国外，而母语为德语或有德奥血缘关系的欧洲居民。在波兰境内，这些人通常聚居在波森省、东西普鲁士及上西里西亚。这个概念在二战期间和之前的时期被纳粹德国政权广泛使用，用来描述那些被视为"民族德国人"的非德国国籍人士。

实在已经是很有礼貌的行为了。

我在那里的时候,两个党卫军(一个德国人、一个波兰人)走了进来,要求吃顿饭。舅妈只能拿出她辛辛苦苦为住在这里的人们存下的食物,忙活了起来。

她正准备着,那个德国人突然宣布,要是不找个犹太人来杀了,他就不能吃饭;而且他总会在吃饭之前杀个犹太人,不然饭菜就不好吃。这次,他选中了我舅舅,命令他到家门外去,面朝墙站好。

当时的我,气愤大于害怕,一个念头一遍又一遍地在脑子里闪现:希特勒究竟让他的国家堕落到了什么程度?

动物尚且只在饥饿时才猎杀,德国人却连动物都不如。眼前这个畜生面对着一餐美食——是我的舅妈用她仅剩的新鲜鸡蛋与面包做成的。我默默地质问他:"这个人的妻子刚刚为你准备了美味的饭菜,你怎么下得了手杀他啊,蠢猪?"

我实在难以想象这个德国人是有"心"这个东西的。真想撕开他的胸膛,亲眼往里看看啊。我觉得自己挺强壮的,把附近的石头捡起来,能要了他俩的命。但我知道会有什么后果。会有更多的德国人来到这个农舍,把全家都杀了,甚至可能再杀数百位村民。因为亲爱的父母的家学渊源,我总是关心别人胜过自己。我本来很想提出由自己代替亲爱的舅舅去死,但又怕他会开枪把我们俩都杀了。我又要目睹另一场冷血谋杀了——这次就在我的面前。

所有人都站在那里,害怕得不敢动弹。舅舅面朝墙站着,我看到他的双肩微微颤抖,安静地等待着自己的命运。舅妈则留在厨房,一言不发地等待着那杀死亲爱丈夫的枪声。那个纳粹慢慢地举起枪,瞄准舅舅的背。接着,突然之间,他就那么放下了手臂,把枪放回亮闪闪的皮套中,走回房里,吃起了饭。等舅舅明白过来自己暂时不用死了,大大松了口气,几乎晕倒。但他很快就回去帮舅妈准备饭菜了。这个党卫军为什么没有实施暴行?我到今天也不得而知。所有人都大大松了口气,但也由此清楚情况究竟严峻到什么程度了。

我希望这两个人,以及很多和他们一样无情的畜生,都在苏联前线战死。我是多么希望能亲手把他们杀死啊。如果我是个大力士就好了,我心想,但又马上提醒自己,我不配拥有这样的力量,否则哈希姆就会把它赐予我了。我是不是太骄傲自大,觉得自己比别人更高一等了?我请求哈希姆的宽恕,因为一时失去了谦虚的好品德。

酒足饭饱,两个盖世太保离开了。我看着他们骑上马,坐得笔直,眼中充满了高傲。他们穿着黑色军服,金色纽扣闪闪发光,真是完美的形象。

我想写下已经发生的事情,但很清楚如果他们发现我写了日记,会对我做出什么暴行。而且,我反正也没有纸和笔。但幸运的是,我记性可好着呢。

"你不是人类,真幸运,"我对玛拉赫说,"至少你不用知道我们忍受着什么。"

阳光明媚,我眺望着绿色的田野,燕麦正在成熟。我们还能吃到从这些田野中出产的面包吗?我心想,又回忆起姐姐巴拉创作的一首诗,标题是"面包":

我的父亲曾匆匆回家

面带灿烂的微笑

"今天我带来一位重要的朋友,

是一块面包

请大家分吃,不要浪费

一点点面包屑。

因为很少会有人

将如此甜美的客人

留在街头

现在面包都是你们的了,也是我的

愿上天保佑能存放很久

因为我们很少能巧遇

如此一笔巨大财富。"

我凝视着眼前美丽的乡村景象,一只小鸟从天空俯飞而下,停在附近的地面上。接着又飞来一只鸽子。我注视着它们,非常嫉妒这种自由,要是我能请这些鸟儿送信到遥远的土地上,请那里的人们来救我们就好了。我还在努力去把这一切想象成一个噩梦。我很快就会从梦中醒来,第一件事就是迈步朝我亲爱的家走去。其他人都被困在家中,而我还是自由身,真是太惭愧了。

我很快提醒自己,这是因为我有不同的职责。我离开下卢胡夫,赶回塔尔诺格鲁德。我的家人还在等我带着想方设法得到的食物回去,我必须好好帮他们。

从下卢胡夫步行回我家所在的小镇,需要好几个小时;我已经想好,路上要是看到德国人,就躲到田里。走了一会儿,我在路边坐下休息；脑海里又浮现出那个盖世太保想要对舅舅做的事情，但很奇怪，我竟然不觉得害怕。我想，肯定是因为我又长高了，所以才会觉得如此坚强有力，但定睛一看，又惊讶地发现，我还是个小矮个。

我觉得又饿又渴，但绝不纵容自己吃一点点东西，这些都是要带回塔尔诺格鲁德，给我亲爱的爸爸妈妈与姐妹们的。我知道家人们都在急切地渴盼着我回去。我已经成为全家赖以为生的最重要成员。

我已经是家里的大人了，但我并不喜欢这个角色。我多么希望还是由亲爱的父亲来照顾我们，供我们吃穿。我想逃离这些被人强加的恐惧，逃回我那无忧无虑的童年，那时的世界还是多么美好，处处都是像我们一家这样善良的人们。我最希望的就是回到那些又能玩耍又能学习的日子。我是多么渴望回到学校啊，我想听老师为我们讲述那从未见过的世界。我甚至渴望能再次去工作，比以前艰苦都可以，只要自由就好。这些难道都是奢求吗？

我又为从前的顽皮与抱怨后悔起来。那时的我难道不是应有尽有吗？吃喝不愁，还有舒服的床得以安眠。所以，就算鞋子上有洞，冬天走路去学校时脚趾有时候会冻得麻木，那又怎么样呢？难道没有和我情况一样的孩子吗？同一件衣服穿很久真的要紧吗？想起我从前对父母的种种抱怨，我真是追悔莫及。我曾经拥有的，比那些表面的物质财富要珍贵很多——我能自由地出门去，一点也不害怕地和朋友们玩耍。我渴望没有任何限制地生活。我想好了，要是能重获从前的自由，我会加倍珍惜。我再也不会把以前拥有的一切看作理所当然；在这些突然涌起的回忆中，我意识到自己曾经拥有过多么美好的童年。

我回到了家，看见家人们因为饥饿而虚弱不堪，连站起来的力气都没了，真是叫人沮丧伤心。一连数日来，他们一直在休息，好保存体力，以备紧急情况。

妹妹们睡觉的时间比新生儿还要多。她们不懂究竟怎么回事；我给她们哼歌，想让她们更平静。没有吃的，她们似乎听歌也很开心。我对她们说，日子很快就会好起来，她们相信了。我保证，会给她们买新衣服和很多玩具，而且一定会带她们去华沙，去那个大城市，去看看我也从来没见过的火车。

万幸，尽管隔都有各种疾病在蔓延，我们家却没有一个人感染。很多邻居都死了，但从别的城镇又源源不断地涌来新移民，住进了他们的房子。祖母里夫卡病了，求我给她喝点热汤，因为她已经咽不下我带回家的硬面包。但根本没有能煮汤的食物，她就这样凄然离世。我帮父亲将她放进棺木，一起安葬了她。我还记得她是那样瘦小，整个身体轻飘飘的，叫人伤心不忍。

我继续着这种进出隔都的模式。家人们逐渐习惯了我偷偷溜出去，忘了我每次都冒着巨大的风险，随时可能挨一颗子弹。我倒是挺高兴他们的习惯。过了一段时间，我也很习惯了，在离开我家的小房子之前，会熟练地摘下那黄色的大卫之星，也习惯了走在塔尔诺格鲁德与周边乡村那些黑暗的乡间小路上，乞讨一点碎面包以维持生命。有时候，我能讨到土豆，甚至还会有些鸡蛋和牛奶。讨到之后我就拿着这些珍贵之物回到家中，每个人都会拥抱和亲吻我，表扬我聪明机智。但每次平安回家，我都明白是上天在帮助我，并不是因为我比谁聪明。我相信（至今仍然相信）上天让我活下来，是为了让家人有东西吃，是他们值得活下来，并不是我。我从未忘记过在祷告中感谢哈希姆。

9. 赎人事件

我已经在森林里待了好几天，因为没讨来什么吃的而饥肠辘辘。我总是在睡觉，在梦中杀了很多纳粹；不睡的时候也在做白日梦，想着与家人分享美味的饭菜；但又总会梦醒，继续面对绝望的现实。我很孤独，渴望着能见爸爸妈妈和巴拉一面。我得回家，我得和妹妹们一起玩游戏，给她们讲故事，讲我路上遇到了很多狗狗，没有一只朝我叫唤。我知道，如果在隔都的家中多待一会儿，我可能就无法离开了；但我决定了，无论后果如何，我都要和家人共度几天。

我走进隔都，就看到爸爸正进入家中的马厩。事态刚开始恶化时，父亲在那里修了一堵假墙，还在那里躲过一段时间。但当时有个士兵也看到他进马厩了，就跟着进去了。我听到他朝父亲大喊大叫，命令他出来。父亲出来了，士兵就准备把他抓去做工，很多男人都是这样被抓走的，有去无回。

绝望之中，我跑向马厩，跳到两人之间。我直视着那个士兵的双眼。"我知道谁都活不下去，我也活不了太久，"我说，"但总有一天，老天会报应的，你的女儿也只能为保住你的命哀求，就像我现在哀求您饶我爸爸一命。"

他一定是个有女儿的人，因为他就那样离开了，没有看我，也没有带走父亲。此人应该是个"有心"的人；我也看得出来，这个士兵不像他那些战友，那么喜欢执行上面的命令。也许这个人和其他的一些人，都是些"功课不太好"的"差生"；毕竟，学习上总有好学生和后进生。可悲的是，大部分士兵都是"好学生"。

我在隔都的那些日子，纳粹开始破坏犹太公墓。他们命令成年犹太男子将墓碑拆掉，破成碎块；又强迫他们用这些墓碑碎片重新铺设到3英里（约4.8千米）外罗扎涅茨村的道路。男人们一边干活，监督的士兵一边用步枪托和棍棒不断殴打着他们。

不久之后，他们甚至开始抓年轻的姑娘去干苦役。我仍然顶着巴拉的名去工作，但幸运的是，我们小组分到的任务是打扫士兵的房间和削土豆。碰上监督我们干活的人还算善良，会允许我们在完成任务后把土豆皮带回家。有土豆皮的日子里，我会捡上一些干柴，妈妈就能用这些东西做一顿热汤。土豆皮已经是打牙祭了，因为德国人每天只给我们分10克面包。我们得排队好几个小时才能领到。有好几次，我都目睹那些虚弱而年老的人，因为等得太久，就在我眼前倒下死去。

德国人想轻轻松松地夺走我们所有的贵重物品。有一天，他们抓了好些男人，带他们去了贝乌热茨的兵营。所有人都觉得他们没法活着回来了。结果，几天后，大家惊讶地看到，德国人又叫这些被囚禁的男人的妻子，用藏起来的珠宝和其他贵重物品去赎丈夫回家。绝望无助的妻子们接受了他们提出的条件，希望赎回亲爱的丈夫。但财物交出去之后，她们却发现很多男人都太虚弱了，没法走回家。他们被鞭子抽过，被狠狠打过，身上伤痕累累，只能听天由命。同样的事情德国人干了很多次。他们可不

038 小猫和我的战火逃生记

会派车把这些男人送回家。

有一天，他们又召集女孩子们去干活。我又代替巴拉去了。她已经虚弱得站都站不起来了。一个年轻的乌克兰人负责监督一群已经饿得半死的姑娘，其中大部分年纪都在18岁左右。这个乌克兰人穿了一身非常不错的衣服，大摇大摆，昂首阔步，眼神中全是骄傲。他一定是杀死了个犹太小伙，从他身上剥下了这身衣服。他显然非常喜欢这份工作，带着无比的愉悦殴打我们每一个人。

他强迫我们把很重的木板从一个地方拖到另一个地方，又拖回原地。没过多久，我们就累得拖不动了，想稍微休息一下。"你们要是不干得再卖力些，"这个折磨我们的人恶狠狠地说，"我就要再打得狠点儿。"姑娘们还是没动弹，大家实在太累了，只能无力地接受命运。

我环视了一下工友们，觉得自己必须做点什么。我集中起全身仅剩的一点力量站了起来，慢慢走向那个乌克兰人。

"请对我们稍微好点吧，"我恳求道，"您长得如此英俊，如果总是发脾气，这么好的皮肤会长皱纹的，那就太可惜了。"

我年纪还小，才敢撒这样的谎。他其实很丑，脸上全是斑点。有那么一会儿，他只是看着我，仿佛没怎么听懂我的话。接着他笑了，回应道："这话我爱听，还是这么个小姑娘说的。你就歇了吧，很快我就放你回家。你们剩下的这些人嘛，我可不会可怜你们。"

计策没有达到预期的效果。我本来真心希望能把其他人也救了，但现在已经无计可施，我救不了这些不幸的姑娘了。等我回家的时候，她们已经筋疲力尽，动作比之前还要缓慢。我也不知道她们究竟什么时候被放回家的；因为后来我又多次去上工，却再也没见过她们。

我们做这些"无用功"的时候，大部分都是乌克兰人在监督。我们要把木板拖去拖回，只为了让这些残暴可恶的监督人满意，让他们感觉自己是什么了不起的大人物。

一个安息日的早晨，严寒刺骨，我们接到命令，所有的家门必须敞开，所有人到镇中心的市集广场集合。我们收拾了些个人物品随身携带，但等拿机枪的党卫军包围我们，大家又把一切都扔了，堆成一座小山。我们进行了临终前的忏悔祈祷，都觉得这就是生命的尽头了。但德国人选出了100个男人，押送到会堂关押起来，剩下的人都被放回了家。我父亲没被押走，因为他有一技傍身，德国人还给了他工作许可。我们拖着沉重的步子走回隔都，路上听到会堂传来机枪的声音，还混杂着震耳欲聋的尖叫。原来士兵们往天上放了几轮空枪，就是为了恐吓女人们，要她们把剩下的珠宝都交出来，赎回那些男人。

市集广场事件后不久，士兵们就来到隔都，要求我们交出所有的珠宝，并承诺释放那些男人。之前，为了救出贝乌热茨的人们，我们已经把大多数珠宝都交出去了，现在也给不出什么了。我们所有人都忍痛割爱，把结婚戒指、耳环等都上交了。他们应该觉得满意了，因此立刻释放了关押起来的所有人。

纳粹一直推行孤立政策，不允许犹太社区之间互通消息。但我们都知道，他们通常会在执行"全体消灭"的命令之前，先搜集受害者的贵重物品。每个城镇都用这招，免得还有谁会把珠宝藏起来。没有人对自己的命运抱有任何幻想，但我仍然希望能活下来。我感觉自己还很有活力，有着强烈的求生意志。

第2章 林中避难

10. 别了,家人;别了,童年

1942年的犹太新年①前夜,父亲在进行"宽恕"祷告——在新年到犹太人最庄严神圣的赎罪日期间,每天都要进行这样的祷告,向上主忏悔,请求宽恕。而我则准备溜出家门,乞讨一些食物,好让一家人撑过这至圣日。本来希望母亲不要注意到我离开,免得眼泪汪汪地告别。结果她还是叫住了我,眼中含着泪水说:"去吧,我的女儿,愿哈希姆帮助你,保护你。"她仿佛预感到即将降临到我们身上的灾难,预感到我们将永久地分开。

在这样的日子,她本不会允许我冒险出门,因为我不确定我能否赶在日落前回来。但我们需要两天的食物,也得赶在神圣节日来临之前进行烹饪。我决心一定要在日落前回家,并暗暗乞求哈希姆帮助我完成这艰难的任务。没有下雨,真是天助我也。我自己也饿得很。

我怀着沉重的心情拥抱了每一位家人,请他们不要为我担心。那时我还不知道,他们将再也不需要我乞讨的食物了,那是他们活在世上的最后几个小时。

我离开了镇子,玛拉赫和往常一样跟在我身边,一路上,我与很多士兵擦肩而过。也和往常一样,竟然没人注意到我。我

---

① 犹太新年是犹太教的至圣节日,通常时间在公历的9月、10月。新年过后的第十天是赎罪日,那是犹太人一年中最庄严和神圣的日子。

一直往前走着。走了一段路之后，发现军队正在包围塔尔诺格鲁德，也不知道要干什么。我怀着犹豫的心情继续往科奇沃村进发，之前已经去过那里好几次了。

那天，我"成绩斐然"，讨到了数量可观的土豆、几块面包和几个鸡蛋。有这么多食物，我甚至放任自己尝了一些，恢复了一下我很快会耗尽的体力。我把沉甸甸的口袋扛在肩上，和玛拉赫一起踏上回塔尔诺格鲁德的路，希望能及时回家，好让妈妈在新年开始前为全家人做顿饭吃。

远远地，我看到有个身影朝我走来，越来越近。很快我就认出那是古齐克先生，那位友好的基督徒邻居。他走到我身边，悄悄地说，我的爸爸妈妈、姐姐妹妹们，还有很多其他的年轻人，都被士兵包围起来，一起被带去了市集广场。他们被告知，所有人都将被带去一个条件好得多的地方，男人们能找到好工作，他们的家人则能得到更多的食物配给。

爸爸妈妈把我的个人物品给了古齐克先生，请他先转交给我，再让我去跟他们会合。他递给我一个随身携带的小瓶子，里面装着热乎乎的饮料，我喝了一些，感觉特别清爽。他还递给我一封巴拉的短信，说很重要，要我务必看一看。这些突如其来的消息让我目瞪口呆，震惊得暂时无法看信，只能把信先装进口袋里。我到古齐克先生家拿了个人物品，感谢他好心帮忙，并告诉他我完全明白，他来见我，是冒了生命危险的。我们回去的一路上遇到一些人，都觉得我是他女儿。

接着我回到了家。家里已经空了，只剩下年迈的外祖父，身体太虚弱，没法走路，所以被留下了。纳粹知道，没人照顾的话，他很快就会饿死。他已经糊涂了，根本不知道究竟发生了什么。他还问大家什么时候回来。我给了他一些食物,说我先去看看,再回来照顾他。此时的他已经又老又病弱,完全不了解情况,我的话让他减轻了恐惧,并一如既往地祝福我。

我把自己那包衣服留在家里,去了市集广场,看到中间堆了高山一样的个人物品。我小心翼翼地走过去,中途看到姐姐巴拉在示意我不要靠近。她一向聪慧,一定已经意识到大限将至。

我的内心在挣扎,一方面觉得应该不顾一切地和家人在一起,否则就再也见不到我深爱的他们了。但我就是没法加入进去。

我被强烈的愧疚感笼罩着,转身跑回了家,看起了巴拉请古齐克先生转交给我的信。我不敢在外面看,免得被别人看见。我很快进了屋,环顾四周,一切都整洁得出奇。我的家人一定以为,很快就会回家。接着我看了巴拉的信。

亲爱的玛拉:

  我们不知道将面临什么样的前路,但不管是什么,爸爸和妈妈都为你祈祷,希望你能拥有更好的未来。德国人说他们要把我们带到一个叫"伊兹比察"的地方,说爸爸能在那儿工作,我们还能得到双倍口粮。我当然希望你能和我们一起,但又预感到,你最好还是不要跟来。你很坚强,也很聪明,独自一人的话,生存的概率要大一些。因为,即便德国人做出了那些承诺,我们也知道自己必死无疑。请为我们照顾外祖父,实在走投无路了,就去下卢胡夫投奔艾布拉姆舅舅和戈尔迪舅妈吧。你要勇敢,愿哈希姆保佑你。记住,我们都爱你。

巴拉

"我也爱你们。"我大声说道。附近没人听到我这话,只有我的猫。

我感到孤独凄凉与彻头彻尾的绝望。难以置信的感觉充满了全身。我闭上双眼,想象自己也和亲爱的家人们在一起。我一动不动地站了好一会儿,又开始祈祷:"哈希姆,请求您,不要让他们遭受太多痛苦。"

我在家里待了几天,根本没有行动的力气。一天,我匆匆朝窗外瞥了一眼,发现街上空无一人。被留在隔都的犹太人都被那突然的聚集事件吓傻了,不敢冒险外出。

我觉得自己对外祖父身负重责,但要是再和他待太长时间,我必定会被抓住。毕竟,我可是个"通缉犯"。因为什么被通缉呢?我真是莫名其妙。我明白自己没有犯下任何值得被逮捕的罪行。那些野蛮的德国人才犯下了世界上最可怕的罪行,我暗暗计划着,要是自己当上法官,会怎么来惩罚他们;但很快就意识到自己多么天真愚蠢。有更大的"法官"在看着呢,我想好了,应该把这个职责留给他。

我给外祖父留了一些食物,亲吻了他,当作告别。内心深处,我明白要过很久的时间才能见到他——也许永远也见不到了。"我会很快回来的,外公,"我对他说,"请别为我担心,因为我很会照顾自己。"

我确信,很快会有其他人住进我们这所房子,他们会帮助他的。只能把外祖父抛下,我实在是恨,但现在自保都难,更无力帮他。我和其他犹太人待在一起过于危险了。

想到这里,我突然觉得自己不再是个孩子了。想要活下来,我就必须像成年人一样,行动起来,自食其力。我转身看着

第2章 林中避难 *045*

猫咪说："来吧，该走了。"说完就把一个小包袱扛在肩上，出发了，还不知道究竟哪里是目的地。"我还有很多时间来考虑这个问题，"我对自己说，"眼下我唯一的任务，就是找到生存之道，毕竟，这个世界这么大，这么广阔，是哈希姆为我们所有人创造的，而不只是为德国人。"

别无选择的我，决定永远生活在旷野之中。"如果你能做到，"我对玛拉赫说，"那我也能。从现在起，我要和你比一比，亲爱的朋友。"

说完我就下定了决心，我还这么年轻，不应该死去。我朝树林深处走去。头顶的天空与周围的田野是那么美丽，这些都在激励我继续活下去。

"别了，童年。"我说。虽然我仍然只是个矮个子小女孩，但已经意志坚定地要昂首阔步，走向自由，走向生命。"如果我要活下去，就必须坚信自己很强大，并且完全独立自主，像荒野中的动物们一样。"

我很快就睡着了，有那么一段时间，我毫无知觉；一睡就是好几个小时，累得连梦都没有。醒来时，我感觉神清气爽，全身充满了新的能量。

快到秋天了，感觉到天气变化的我打起了寒战。我没有外套，没有雨伞，慢慢感觉有点冷。过了几天，秋雨季节就开始了，下雨变成家常便饭，有时候是突然的倾盆大雨，有时候则是细雨纷飞。我独自一人在野外，没有躲雨的地方，也没有雨具保护，所以经常因为寒冷与潮湿而浑身僵麻。我折下一根树枝，上面还留着几片叶子，总算是勉强有了个遮蔽。这根大树枝也起了伪装作用，从远处看，我就像茂密灌木丛中的一小丛灌木。树枝变成我的临时庇护所，只要上面的叶子枯黄了，我就会拿出小刀，再割一根树枝，这样我随时随地都有漂亮的新雨伞。很小很小的时候，我就学会了用树枝做各种东西，不仅仅是数学课上的计数小棍。如今，我很高兴离开时随身带了自己心爱的小刀。

空气中弥漫着蘑菇香，然而秋天的序曲却让我忧心忡忡。我只能不断地下决心，一定要活过那些追我的人，这样才能撑下来，熬下去。尽管树丛上挂满了蓝莓果实，草莓也长势喜人，但光是吃它们我也填不饱肚子。我明白，想要活下去，我就得冒更大的风险。

雨一直下，土地变得泥泞，森林也完全变了个样。风从树上拽下了叶子，树枝也没法给我太有效的庇护了。但我知道，那些刽子手还像一群群恶狼一样在周围肆虐，我必须躲好，于是开始搜寻合适的"住所"。我需要一个至少可以遮风挡雨的地方，毕竟，随着时间的推移，风越来越寒冷刺骨了。

路越来越难走了，我的双脚陷在泥泞之中，鞋子上沾满了甩也甩不掉的泥。我很担心这鬼天气会把我变成什么鬼样子，等我到那些村子里找食物的时候，这样子会有多显眼啊。我很高兴自己看不到自己是什么样子，林子里的动物们当然也毫不在意。

那时候我的鞋子还算勉强能穿，但也撑不了多久。我知道，要是没了鞋子，就没法走路了，于是我想了个办法，在鞋底绑了一些碎布条，好让它们撑得久一些。这样一来，我走得就慢了，但本来也不着急，我时间多得很。虽然这么努力地去保护鞋子，它们还是很快地破掉了，只能扔了。我明白，我不是野生动物，光着脚只穿袜子的话我可撑不了多久。而且我会很怕踩到尖锐的东西上，也怕踩到哪怕一条小蛇。但我却一直很安全，从未被树桩绊倒，甚至连感冒也没得过。我一直感谢哈希姆如此保佑着我。

我找到了一个好地方，很适合在白天用于藏身：一处灌木丛的中央，刚好够我和玛拉赫躲进去。我摘了些树枝，放在"门口"。任何人想进入我这个藏身处，都会先被树枝绊倒，受伤，我会趁着混乱，抓紧从灌木丛的另一边溜走。也不知道这个计划是不是一厢情愿，但哈希姆不是说过："你去尝试，我会帮你。"

这个思考很快就得到了验证。不久，我正藏身于那个灌木丛中，就看到一个黑影往我的方向移动。我默默地祈祷，希望那不是游击队员或逃亡的人，因为我不希望他们因为我这些"防御设施"而受伤。"拜托啊，"我对玛拉赫说，"我可不想伤害无辜的人。"我没有望远镜，没法从远处进行任何观察，此刻却强烈渴望拥有这种珍贵的工具。幸运的是，我的视力很棒，但天已经很黑了。然而，黑夜并不代表着平安，因为我知道，德国人拥有很亮的手电筒。我静静地躺着，不发出任何声音。

很快，我听到一个男人一边接近我潜伏的地方，一边用德语咒骂着什么。他可能听到我这边树枝窸窸窣窣的动静，因为他好像感觉到附近有人。也许他的耳朵异常灵敏，可以从很远的地方听到声音。但即使如此，他也不可能分辨出这声音是来自动物还是人。这一点我很确定。我没有别的选择，只能努力放松。

他越走越近，很快就停下脚步，看向我的方向。我惊讶地发现，自己没有恐惧，只有满腔仇恨和想要伤害他的冲动。我明白，身上的小刀和任何树枝都敌不过他手里的枪，但我决定了，要是被他发现，我就用树枝直戳向他的眼睛。

没过多久，那个高大肥胖的德国人就走了过来。我的计划可谓非常成功，因为他被树枝绊了一下，跌倒了，还受了伤。过了好一会儿，他才恢复过来，但很快就挺直了身子，咒骂得更起劲儿了，还直奔我的藏身之处。他离我只有几步之遥了，玛拉赫从树上跳下来，直冲向他，伸出爪子抓他的脸。

"你这只蠢猫！"他大喊大叫，还想向她开枪。

玛拉赫灵巧地闪开了，躲到一棵树上，也只有猫咪能这么做了。德国人抬头看着那棵树，但并没有举枪瞄准。他一定是决定把这颗子弹留给人类。我暗自笑了，希望他能遇到危险的猛兽，遭到攻击；我还有更好的愿望，就是他遇到一个在森林中驰骋的游击队员。对德国人来说，他们可比野兽更危险。

这个德国人本以为这边有人，结果发现只是只调皮的猫，于是一瘸一拐地走了，消失在茂密的森林里。玛拉赫跑了回来，坐在我身边，明亮的双眼在黑暗中闪闪发光。有她在身边，我感到安心，又放任自己睡了几个小时。要不是肚子空了，提醒该吃东西了，我还会继续睡很久。能感到饿，说明我身体依然健康，而且很有活力。

我的决心越来越坚定，一定要进行抗争，如有必要，就像英雄一样牺牲。我想起以前去过外祖父的课堂，坐在教室后面，聆听光明节和马加比起义的故事[①]。我认定了，要是马加比家族

[①] 马加比家族的故事来自《圣经·马加比前书》。公元前2世纪，马加比家族为了赢得宗教和政治自由，不畏艰险，反抗并挫败了叙利亚塞琉古王朝的统治压迫，建立了自己的犹太王国。犹太人的光明节就是为了纪念犹太人在马加比家族的领导下夺回耶路撒冷。

可以战斗,那我也可以。就算我只是个小女孩,也没有人指导,那又怎么样呢?"我已经准备好了,要坚持自己的抗争。"我对自己说。

我看着眼前已经习惯的风景,田野连绵起伏,一望无际。"您的世界是多么美好啊,"我抬头看向天堂,"感谢您,哈希姆,感谢您允许我享受您创造的美丽世界,也感谢您创造了我,并恩赐我当下如此的自由。"

11. 安妮拉姨祖母

我稍坐了一会儿,思考自己下一步该如何行动。仿佛得到了什么指示一样,我本能地决定往科丘走,据我所知,那里离我最近。我想好了,即便被邀请,也不进任何人的家门。我会推托说自己找错地方了。

我敲响了第一家的门,来开门的女人态度很不友好。我问她是不是祖母的妹妹列吉娜·帕洛娃,我当然知道她不是。

"我们村儿里找不到叫这名字的人,"她说,"不过你去问问隔壁吧,西多尔卡老夫人已经九十岁了,周围村子里的人她也都认识。"

"她一个人生活吗?"我问道。

"一个人,"女人回答,"要是能跟你聊聊,她肯定会很高兴的。说不定还会给你点吃的。有人去敲她的门,她经常会给吃的。"

这话叫人不敢相信,此时此刻我最需要的就是一顿热乎乎的饭食。上天仿佛又一次回应了我的祈祷。

"非常感谢,"我对女人说,"再见。"我努力装出波澜不惊的样子,不想引起她的怀疑。我很害怕她会因为好奇而跟踪我。虽然头发已经用手指捋齐整了,但我脚上没穿鞋,样子一定很奇怪。但她应该觉得我还算体面,就是个基督徒女孩的样子,这是最重要的。

她给出的信息给了我很大鼓励。我抱起玛拉赫,敲响了西多尔卡夫人的门。一位非常虚弱的老太太开了门。她看起来已经快一百岁了,眼睛几乎看不见,这让我很高兴。我给了她一个拥抱,亲吻她的双颊,她也回吻了我。

"你是不是玛丽西亚?"她问道,"你是我姐姐的孙女吗?你长得真像我过世的姐姐。"

"是啊,我就是玛丽西亚,"我回答道,"他们派我来看看您需不需要什么帮忙。我身体很强壮,也喜欢照顾老人。我爱你,姨祖母。"我补充了这番话,心里为自己撒的谎感到歉疚。

我本来不是个爱撒谎的孩子,此时特别希望自己会因为这么严重的道德错误而受到惩罚。西多尔卡夫人想把我看个仔细,但她眼睛不太好使,我看得出来,她信了我的话。

她站在我的面前,与我素昧平生,却还是再次拥抱了我,亲吻我的双颊,这次不是回我的礼。过了很久,她才放开我,说:"请坐,亲爱的,让我好好看看你。"她盯着我看了一会儿,突然问道:"你为什么这么冷,我亲爱的孩子?"

"我犯傻了,"我对她说,"我没听妈妈的话,没穿外套也没带伞就出门了。遇到一条野狗,逃跑的时候把鞋子跑丢了。"我撒谎说。

"我可怜的孩子,"她说,"看看我的鞋子有没有你能穿的。我有几双多的。你的衣服也都湿了吧?来,穿我的裙子和暖和的毛衣。你借我的外套回家吧,但得还回来,因为我只有这一件外套。"

"我不会穿走你的外套,姨祖母,"我对她说,"但你要是有比较长的开襟毛衫,借给我穿穿就行。还有贴身的衣服。"

"这个没问题。贴身的衣服我多的是,"她微笑着说,"我以前经常自己做。住得离店铺太远啦,做比买还来得快些。这里有很多人转悠着卖布料。"

我突然想起,父亲以前也是这样卖东西的,但我什么也没说。我长得很像父亲,真高兴西多尔卡夫人眼神不好。

她真是矮小啊,甚至比我还要矮小。这对我来说正好。她的衣服我穿挺合身(虽然稍微有点紧),只是鞋子不合脚。我知道,上天又一次回应了我的祈祷,这让我全身充满了前所未有的勇气。

"亲爱的,先吃片面包,喝杯热牛奶吧。"她说,"我来做顿热乎乎的晚饭,很快的。"说着她又带着歉意补充道:"家里怕是没肉了,但希望你喜欢用牛奶做的菜。"

"特别喜欢,"我开心地喊道,"我帮你打下手吧。但我想先见见你的邻居们,亲爱的姨祖母。"

我想做到万无一失,要先让她的邻居们知道我的身份,不要去向当局报告说有个陌生女孩跑到村子里来住下了。我明白,要是他们上报了,我很快就会被抓走。只要在力所能及的范围之内,我可不想让德国人这么轻易地得逞。

"为什么隔壁那位女士说你叫西多尔卡？"我问道，因为她门柱上的牌子写的不是这个名字。

"他们只知道我叫这个，"她回答道，"之前家里那些朋友都叫我西多尔卡夫人。他们认识的一个人叫这个名字，比较容易记。隔壁那位女士嘛，最好不要让她跟我或你太熟，她太喜欢问东问西的了。我在这里也有几个好朋友，但现在你就像是上天赐给我的一样。我那位已经去世的好姐姐海伦娜一定在另一个世界帮我干了些什么好事。她总是那么善良，我很爱她。所以我也很爱你，亲爱的玛丽西亚。坐下吧，休息休息。真是难以想象，你这么个小女孩，能走这么远的路。"

我照她的话做了。过了一会儿，她拉起我的手。"好了，亲爱的，"她说道，"我带你去每个邻居那里转转，把你介绍给他们。也没有多少邻居，这个村子很小，大家都互相认识。"

这对我来说是个好消息。邻居们很快就会相信，我是她的侄孙女。这不是什么大不了的怪事。还是说，他们不会真的相信？他们会不会发现我和已经去世的父亲长得很像？我担心他们很快就会把我上报给德国人，但也明白，他们需要一些时间来思考我到底是谁。

这确实是个小村子，和我预料的一样，邻居们对我的到来做出了很强烈的反应，因为他们都喜欢我这位"姨祖母"。

"你这位安妮拉姨祖母，能有你照顾她，真是幸运啊。"其中一位说道。

我很感激这位邻居告诉了我恩人的真名。

"你一定是上天派来的。"另一位感叹道。

"让我瞧瞧，你确实和她长得挺像，"又一位邻居说道，

"你们的眼睛颜色一样,身形也都是小小的。"

"我们家人都这样,"我对她说,"个子都矮。实话告诉您,安妮拉姨祖母长得太像我去世的祖母了,我差点以为就是她,虽然她五年前就去世了。"这个信息是刚才从安妮拉姨祖母那里知道的。

"血浓于水啊,玛丽西亚。"西多尔卡夫人说。

"爱你,安妮拉姨祖母。"我回答道,她再次拥抱了我。

等她终于放开双臂,我松了口气,因为被抱得有点窒息。即便如此,在那个时刻,被爱的感觉也实在太好了,尤其是被这位如此善良的老太太爱着。要是所有人都像她一样和蔼可亲就好了。

享受了几天的热菜热饭和软和床铺之后,我越来越怕德国人前来,他们可不像这些淳朴的乡民一样好糊弄。我决定回到森林中,想来只要没有人告发我,德国人也不会在如此恶劣的天气下冒险外出。我挨个和所有邻居告别,告诉他们我要回父母家去,但很快会回来。"我要给他们讲讲安妮拉姨祖母的事情。"我说。

要从这么温馨的家中离开,我真是不情不愿,但也很清楚,在同一个地方待太久,对我来说不安全。

回到森林之前,我想去另一个村子碰碰运气,于是沿着公路出发了。走了一段路后,我看到一辆马车,上面坐了个衣着光鲜的德国人,戴着白手套,全身上下很是体面。他的车夫则穿着专门的制服。我很快就认出车夫是乌克兰人。我看了看玛拉赫,她一副镇定如常的样子,于是我继续向前走。目之所及,没有任何房屋,我决定抱起猫咪,把它紧紧地搂在怀里,好给自己壮壮胆。我径直走到马车前,问车上的人是不是要去我的家乡马伊丹村,如果是,能不能让我和猫咪搭个顺风车。我满心希望那个乌克兰人不是马伊丹人,不然的话他会看出我在撒谎。但我别无选择,只能冒险,冒这辈子最大的一个险。

"这个傻里傻气的姑娘问你什么呢?"德国人用德语问道。

"她想问能不能搭个顺风车,"乌克兰车夫回答,"她跟我们一起您介意吗?我们跟她顺路。"

"她那个猫看着很凶,只要不让那只猫坐我旁边就行。"德国人说。

"上来吧,"乌克兰人用蹩脚的波兰语说道,"记住,把你的猫抱紧了。"

我信誓旦旦地保证一定会抱紧她;又转身对那个德国军官露出灿烂的笑容,结果他只回我以皱眉。我在这儿他似乎很不乐意,但又不愿意对车夫承认这一点。

我居然做成了如此不可能的事情,真是自豪啊。我知道,最坏的情况就是他们把我赶下车。我迅速给自己编了个名字,免得他们后面打听起我的身份。好在他们没有。这搭车之旅一路平静无波。下车的时候,我很礼貌地对他们表示感谢,还把玛拉赫抱起来朝向他们,挥起猫爪向他们说再见。两人似乎对终于摆脱我感到非常高兴——但要说最高兴的,还是终于摆脱了他俩的我。我努力去回忆自己已经多少次从死神的魔爪下逃脱,但最好还是别数了。眼下要做的,应该是感谢哈希姆,我再次夹缝求生,活了下来。

我没时间休息,必须继续向前走。我答应自己,等这次磨难过去之后,一定要好好地休息。我离马伊丹村已经很近了,有些村民目睹了我从那辆马车上下来。我朝他们走去,其中一个忐忑不安地问:"你怎么会搭上那辆车?你是那个乌克兰人的亲戚吗?""是的,"我撒谎了,"他是我的叔叔。谁能给我点吃的喝的?我还要走一段路才能到家。"

有些村民以为我是个什么大人物,说不定还是个德国间谍,于是给了我一些东西。我充分利用他们这种敬畏,尽量地填饱肚子。甚至在包袱里也塞满了食物。我还向他们要了一瓶水,结果得到了好几瓶。村民像是很想快点把我送走的样子,似乎也很害怕那个德国人和乌克兰人,这倒是叫我惊讶。之前我并不清楚纳粹是如何对待波兰人的,现在我明白了,很多人都遭遇过他们的虐待,不管德国人要什么,他们都得拱手送上。

雨算是暂时停下了,我穿着安妮拉姨祖母给我的毛衣和贴身衣物,感觉暖暖的,生活似乎还算有些乐趣。我甚至还欣赏起了眼前质朴的田园风光,其实在艾布拉姆舅舅和戈尔迪舅妈的农场,我已经对这种风景非常熟悉了。是啊,世界依然如此美丽,我这样想着,活下去的意志也前所未有地强烈。

我很怕再遇到那个德国人和乌克兰人。我知道他们的工作是搜捕逃亡的犹太人。要是再在外面的公路上遇到我,他们会起疑心的。因此,我决定直接回到树林里,因为最近这段时间需要的食物已经攒够了。"来吧。"我对玛拉赫说,但她已经跑到我前面带路去了。

我双脚疼痛,却脚步轻快。能在马伊丹要到那么多的食物,我真是太高兴了;路上还骗过了那个德国人和他的乌克兰车夫,实在值得大大庆祝一番。

玛拉赫和我在树林里待了好几天。我总是很累，但又不敢睡着。同时也渐渐感到了寒意。我还从来没有拥有过这么多的空闲时间。这种无所事事的生活真叫人讨厌啊。终于，东西吃完了，我再度登门，去找安妮拉姨祖母。

她再次看见我，似乎很高兴。我对她说："亲爱的姨祖母，从今以后我会经常来看你的。你是我最最亲爱的姨祖母。哦，差点忘了，我的父母向你问好，也希望你不久能去看他们。"

我很清楚，安妮拉姨祖母已经没法进行这样的拜访了。

"我太老啦，串不了门了，"她说，"所以请你要继续到我这儿来，亲爱的玛丽西亚。我再给你做个好喝的奶酪牛奶汤吧。你觉得怎么样？我们一起吃顿大餐。我不喜欢一个人吃饭。"

"我很乐意和您一起吃饭，安妮拉姨祖母，"我说，"您坐下休息，让我来给咱俩做饭。"她似乎很乐意让我来干。

"我究竟何德何能，有你这么个侄孙女？"她突然问道，我们都笑了。

"我明天一大早就得回家，亲爱的姨祖母，"我说，"但在我离开之前，有件事必须告诉你。"

"什么事啊，亲爱的孩子？你为什么突然这么悲伤。在家不开心吗，孩子？你舒舒服服地坐下来，有什么事都讲给安妮拉姨祖母听。"

"我父亲几年前去世了，我母亲改嫁了，"我撒了谎，"继父对我不太好，我常常挨饿。我得靠别人接济才能吃上东西，自己身上又没钱。"我看着她，恳切地请求道，"亲爱的姨祖母,请你答应我,不会把这件事告诉任何人,尤其是你的邻居们。我担心继父会发现我在背后谈论他,他会杀了我的。他对妈妈很好,但因为我不想叫他爸爸,所以很讨厌我。"

我很担心这个心地善良的老太太并不能保守秘密,也担心随之而来的后果。

"我没听错吧,可怜的孩子?"她说,"你想什么时候来就什么时候来,我会在你包袱里装满好吃的东西,也保证对谁都不说。"

"以后,我只能晚上来了,不能让人看见我。"我说。

"你说得对,亲爱的。"她回道。她的双眼充满了泪水,很快眼泪也涌上我的眼眶。

我渐渐喜欢上安妮拉姨祖母,想到正欺骗着这么一位温柔的老太太,心里实在内疚。我竟然在向哈希姆请求,帮我想出欺骗这些无辜人士的新办法,这真是太叫人难过了。我几乎都为此痛恨起自己了,但还是这样做了。我对安妮拉姨祖母的感情已经非常真挚。我会拥抱她,她也会拥抱我,抱很久才松开。

也不知道她有没有别的侄孙女,但我想最好还是别问。这应该是我本来就了解的信息。

12. 森林和游击队员

第二天,我再度出发,往赫梅尔里克走去。爸爸妈妈婚后曾在那里开过几年旅馆。后来,那里有个叫巴兰德的犹太人被杀了,他们就离开了。罪犯一直没有落网。有一次,母亲独自一人在看店,有个波兰村民来了,放肆地喝起酒来。喝下很多杯之后,母亲拒绝再给他上酒了。村民说,他要像对付"那个犹太人巴兰德"一样对付她。那之后不久,我的父母就搬到了塔尔诺格鲁德。

现在我决定去一趟那个村子,不是因为想看看那里什么样,只是因为我需要食物。我还想假扮成一个找工作的基督教女孩,因为我需要找个地方过冬。

赫梅尔里克不算很近,一路上我坐下来歇了好几次。休息的时候,我吃喝的东西都来自安妮拉姨祖母。幸运的是,无论是在路上还是田野之中,我遇到的人都把我当成一个反应有些迟钝的基督教女孩,我真是求之不得。有些农民甚至让我帮他们收割庄稼,来换取食物。他们给的通常都是土豆,我已经习惯了洗洗就生吃。

我在赫梅尔里克和周围的村庄附近游荡了一阵子。晚上找个地方歇脚没什么问题,因为几乎每片田野中都有干草堆。躲在这些干草堆里,人们看不见我,风也吹不到我。乡下到处都是小片的湖水,所以我有很多水可以喝。能在干净的活水中清洗土豆和我破烂的衣服,这也让我很高兴。我洗衣服的清洁剂不是肥皂,而是石头。

这样过了好几天,我开始忧心未来,又想到可怜的家人们的悲惨命运,真是备受煎熬。我像一只脱离了族群的小动物,被围追堵截,真是孤独凄凉,非常需要另一位人类的陪伴,好分享我的痛苦与感受。绝望之中,我越来越依赖玛拉赫。我希望未来她也能一直陪在我身边。但这应该不是我需要担心的问题,因为她没有显露出任何想要抛弃我的迹象。有时候,我会抚摸她柔软的皮毛,说:"要是哈希姆能赐予你一副人类的嗓音,你能和我说话,那该有多好啊。"

我坐下来思考下一步该怎么办,突然有种无计可施,穷途末路的感觉。

突然之间,我内心涌起一股冲动,想要回到塔尔诺格鲁德,看看留在隔都的外祖父和其他犹太人遭遇了什么样的命运。我很清楚,回去的话,会冒很大的风险。我可能在路上就被德国人看到,一枪击毙。或者会有塔尔诺格鲁德的人认出我,把我出卖给纳粹。我也不确定德国人有没有给犹太人留活口,但我就是觉得必须回一趟塔尔诺格鲁德,这样才能说服自己未来已经无法与犹太同胞共度了。

我还没完全想好该如何去小镇,从哪个方向去。还需要考虑去哪里找吃的,因为我知道,要是不吃不喝,我撑不了多久。要是我像同伴玛拉赫一样就好了,她好像永远不渴也不饿的样子。

"你是怎么活得这么好的?"我问这位小伙伴。

但她一如往常地沉默着。

我拿出小小的包袱,里面还有少量珍贵的食物:几块面包、一瓶牛奶。这些是一个波兰老太太看我可怜,施舍给我的。她问我,为什么我看起来是这么一副无家可归、闷闷不乐的样子。我告诉她,我是附近一个村子的人,和残忍的继母生活在一起,她对我很不好,所以我只好跑到外面来乞讨食物。

"她之所以这么对我,是因为我说亲生母亲人比她好。"我对那位老太太说。

"可怜的孩子啊。"她说,脸上滚落了几行泪水。原来世界上还有心软而善良的人,我真高兴。

"您真是好心人,"我对她说,接着撒了个谎,"真希望您是我的妈妈。"

我也祝福她好人有好报,这是从下卢胡夫的农人那里学来的。只要有人给我食物,我总会如此感谢对方:"愿主保佑善良的你。"他们会回答"阿门"。我努力挤出最灿烂的笑容,而他们总会称赞我有礼貌。一对夫妇还说真希望他们的女儿能学学我的礼仪,因为她从来不会说谢谢。还有位好心的女士甚至建议我和她女儿一起睡。我确实需要好好休息,本来应该欣然接受的,但我知道那样太冒险了。与其这样不如和牲畜们一起睡在谷仓和马厩里。我不怕那些动物,它们是我的好朋友,我只怕德国人。和德国人相比,牲畜们是多么天真无害啊。

我回到森林中,这样才能静下来思考,该用什么办法进入塔尔诺格鲁德,并在那里待上一段时间。我和森林中的小鹿与松鼠们交上了朋友,也爱上了草木之间的平和与宁静。"想不想跟我换个脸呀?"有一天,我问一只松鼠,但它只顾着越爬越高,最终消失在一个树洞中。

那是个温暖的日子,我抓紧有阳光的几个小时,在湖里洗衣服,之后挂在树枝上,在阳光和轻风中晾干。

等衣服晒干的时候,我躲进灌木丛中,背诵从前母亲教我的意第绪语祈祷文。

我很累,虽然强撑着保持清醒,但眼皮很快就抬不起来了。迷迷糊糊中有东西舔我的手,我惊醒了。吓了一跳的我本能地挥舞起握在手中的棍子。完全清醒后,我发现那是一只小鹿,它跑开了。我为惊吓到这样一只爱好和平的小生灵而道歉,它与那些德国畜生截然不同。

大森林是多么宁静啊。我看着周遭美丽的一切,突然意识到,哎呀,玛拉赫不见了。我担心起来,到处找她。终于找到啦,她正蜷缩在一根枯树干下面呢。"你干吗躲在那棵树下面呀?"我边问边朝她走去,刚抓住她的尾巴时,我突然就僵住了,因为听到有人正朝我走来。我赶紧在那树干下尽量匍匐身子,双脚绝不露在外面。

我偷看出去,发现两个骑着马的党卫军士兵正朝我的方向过来。他们从马背上下来,坐在我藏身的树干旁。玛拉赫一动不动,我也一样。他们没有看到我们,但我和猫的处境都很危险。我抽起筋来,不知道自己还能坚持多久。哪怕只动一下,都会很危险。长这么大,我终于明白,哈希姆没有让我长太高是有原因的。要是太高了,我的脚就会露到树外面。

两个党卫军似乎陶醉在森林的芬芳之中。他们怡然自得,像是完成了什么壮举。

我特别怕自己突然想咳嗽或者打喷嚏,而且忍不住,好在没发生这种状况。

他们拿出一些食物和几瓶酒,痛快地喝了几杯之后,还用德语唱起歌来:"今日我们放声歌唱,痛饮美酒。"

蠢猪,我心想。他们在庆祝什么啊?今天又要了多少人的命?

我真想捡起树枝朝他们的后脑勺打去。我想狠狠地打他们很多次——他们杀了或者折磨了多少人,就打多少下。两个人已经喝得醉醺醺的了,肯定不会知道是谁打的。但是,我与家人遭受的痛苦，还是让别人对他们进行严厉的惩罚吧。我只希望属于他们的清算快快到来。

他们从口袋里掏出手表和珠宝，举起这些战利品细细欣赏。他们说："太好啦，把这些当成礼物送给老婆真不错。"这些珠宝一定是从他们杀死的犹太人身上取下来的。

他们一定是在不知不觉中忘了时间，因为这两个畜生突然上了马。我很高兴地看到他们迅速消失在茂密的森林中。我一直都把这些树当作好朋友，但在当时当地，它们显得尤为珍贵。我一直都知道，有一天它们会救我的命；我向万能的造物主表示感谢，感谢他创造了树木，感谢他让我在童年时就习惯与树木亲近。我还加上了一句感恩的话："也感谢你，哈希姆，感谢你创造了树，又让树倒下来变成枯树干，不然我们还怎么藏身在下面呢？"

我很确定，目之所及已经没人了，于是从那个不舒服的匍匐位置爬了出来，玛拉赫跟在我后面。她倒不用像我一样伸展疲惫的四肢。"谢谢你们走掉，留了我一条命。"我默默地对不见人影的士兵说。

两个士兵走得太急，留下了一个袋子，里面包了些饼干。我把它们吃了。"谢谢你们给我留下这么好的食物。"我又默默地说道。要是有本《圣经》或《诗篇》就好了，我就能做像样的祷告了。

我正大口吃着饼干，突然听到让人惊吓的声音：是枪声。我朝林间的一块空地望去，是一些士兵在朝党卫军开枪。我大吃一惊：应该没有爆发内战吧？

这么想着，我下定决心，要好好调查一番。我小心地在树

第2章 林中避难 063

之间跑着，不时藏身在树后面，离枪声传来的方向越来越远。我爬上了一棵树，这样视野更好。环顾四周，我发现德国士兵躺在地上，已经死去，而其他人则正卸下他们的武器，翻看他们的军服口袋。我真不敢相信眼前的一切，但又很清楚，自己的视力一切如常，没出问题。

枪战结束后，所有的党卫军士兵都被杀死了，我往战士休息的地方走去，路上一直注意藏身，所以他们看不到我。每个士兵都是男人的样子，但一开口说话我就听出来有些是女兵。但他们说的是什么语言呢？听起来不像德语啊。我竖起耳朵，听到了混杂的波兰语和意第绪语。偶尔，他们会说德语，像一群德国人。

我捋了一下思路，想清楚了他们到底是什么人——游击队员，穿德军军装的犹太小伙子和姑娘们。他们身上的军装也是从杀掉的士兵那里脱下来的。这些军服的原主人一定立下了很多战功，因为军服上都是勋章累累。年轻的游击队员是多么勇敢，居然打败了这些功勋士兵。他们很清楚自己这样是命悬一线，但他们已经下定决心，一定要尽全力击杀德国鬼子，直到自己牺牲。

也许我也可以在被德国士兵杀害之前，先把对方杀上几个。想到这里我真是欣喜若狂。从没想到过会有这么好的机会，也希望游击队能接纳我。我决定立刻试试能不能加入他们，于是鼓起勇气，从藏身的地方现身。为了不惊吓到他们，我马上开始用意第绪语和他们交谈。他们说，我猜得没错，他们都是犹太人，说完还拥抱了我，问我怎么独自一人生存了这么久。我长话短说地对他们讲述了到目前为止各种死里逃生的经历和好运气。

"要是你最终能活下来，那讲出来的故事就有趣了。"他们很可能不相信我接下来的存活机会比他们高到哪里去。

游击队长温和地看着我说:"我们对自己的生存概率不抱幻想;但已经下定决心,在牺牲之前要尽量多杀德国人。你年纪太小,个子也太矮,没法加入我们;你的德语也不流利。"

就那么一次,我为自己个子不高而遗憾。但说德语有口音这件事我却不介意;我明白,就算一言不发,我也能干大事,有谁需要在杀人的同时还开口说话啊?

我恳求他们,说自己很坚强,也很愿意学习,但他们斩钉截铁,说我还是独自一人比较容易活下来。

他们想办法煮了些热汤,分了我一些,又给了点面包,还叮嘱不要分给猫。"它比你更懂如何自食其力。"他们说。

"仔细想来,"我说,"我从来没见过它吃喝东西。"

他们说,猫咪可能是在我睡着的时候才出去觅食。我拥抱了玛拉赫,对她说了几句话。他们一定认为我是个奇怪的小女孩,但当时我一点也不关心别人怎么看我。不管身体是否虚弱,我都需要一个可与之交谈的同伴;而我的猫从不打断我的话。它总是坐在我身边,用它那温柔而忧伤的双眼看着我。玛拉赫是最能与我共情的倾听者。我俩就是完美的伙伴,没人能把我们分开,那些善良的游击队员也不能。

我向他们告别,消失在茂密的森林里。

13. 塔尔诺格鲁德的幸存者

一天,玛拉赫迈步走向森林之外。我仍然想回塔尔诺格鲁德，但也明白不太可能在德国人神不知鬼不觉的情况下溜回去。只能冒险一试了。一时之间，我的脑子负荷过大，只能完全依靠玛拉赫带路。"等等我，"我说，"我马上就来。"

我俩并排走着，一路看到很多认识的波兰人，但没人注意到我。我努力想着自己在世上这短短的时日都积了什么功德，值得再度死里逃生；但我想不出还做了什么。也许，未来我还能做很多好事，如果有未来的话。

此时此刻，我最顾不上的就是害怕。仿佛有股力量贯穿体内，让我感到再度回到亲爱的家乡小镇，全身洋溢着一种默默的兴奋。要是预先知道那天在塔尔诺格鲁德等待我的是什么，我一定会藏在森林深处的洞穴中，绝不会回到隔都。

我决定天黑以后再进入塔尔诺格鲁德。我闭眼片刻，想象着自己是回到亲爱的爸爸妈妈身边，母亲将会用拥抱迎接我，为我做碗热汤喝。很快我就意识到，自己又在做白日梦了，于是决定还是祈祷比较好。"请您让所有德国人失明，或者让我隐身，这样他们就不会看见我进隔都了。"我说。

我进入了小镇，可谓神不知鬼不觉。我先在附近观察了一阵子，才朝原来的家走去，因为不知道现在有谁住在那里。等终于走进那栋房子，我才发现年迈的外祖父还躺在床上。看到我，他挣扎着站了起来，询问我父母和姐妹们怎么样了。显然，没人告诉他他们已经被驱逐了。我回答说，我也不知道情况，但保证总有一天会告诉他的。外祖父还在满怀希望地盼着家人回来，我很高兴，并忍住眼泪，好让他能继续希望与他们重逢。他也活不长了，最好什么都不要知道。我多么希望自己也不知道啊，那样的话我也还会心存希望。

如今，房子里住着我从没见过的人。他们可能是来自这片区域其他犹太隔都的难民。个个都是凄凉绝望的样子，已经认命了。他们知道纳粹对我的家人及成千上万同胞做了什么，也知道同样的命运就在不久的将来等着他们。我只得告诉这些不幸的人要振作起来，暂时忘了自己也是其中一员。我已经不在森林里了，再也不像动物一样自由了。不过，不知怎的，我全身都被归属感包裹，真是让人愉悦。

我给了外祖父一片美味的黄油面包和一个大苹果。"你一定不是个普通女孩，是个天使。"他一边享受着我给的食物，一边对我说。他的身体还能吃得下东西，这对我倒是个惊喜。"但那只猫是怎么回事？"吃完东西，他问道，"我们可没东西给它吃。"

"别担心，"我说，"它不会向我讨东西吃的。"

我和住在房子里的小孩子们玩了一会儿，有那么短短的几分钟，我感到自己又成了个大姐姐。接着我站起来，亲吻了外祖父，心里清楚他活不了多久了。他年纪太大，身体又虚弱，无法完全理解我们整个民族究竟遭遇了什么。而我呢，尽管面对的现实如此残酷，但还是年纪太小，也无法完全接受这一切；其实任何一个正常人，都无法完全理解眼下正在发生的事情。

德国人不断让周围村庄的犹太人聚集到塔尔诺格鲁德，艾布拉姆舅舅和他的家人也在其中。这些亲戚现在住的房子原本属于鞋匠希亚·莱布·希斯特，他也和我家人一起被带走了。舅妈的哥哥希蒙及家人，也和舅舅舅妈住在一起，另外还有个叫罗西的女人，她原来的房子和店铺都被征用了，而她的家人和我的家人一样，被驱逐去了伊兹比察。

我走进家门,每个人都吃了一惊。"你是怎么离开隔都的?"他们问道。"你的大卫之星呢?你不戴星星到处跑,很不安全的。"他们提醒我。

很快,他们的目光转向我身上的包袱,就不再问问题了。他们都知道包袱里有珍贵的食物,但看着我从里面拿出土豆、胡萝卜、洋葱、芜菁,甚至还有几个鸡蛋,大家仍然不敢相信能有这样的天降好运。在如今的隔都,这些都是想也不敢想的奢侈品。我看着他们的脸,知道他们已经不再去想以后会怎么样了,满脑子都是眼前的饥饿和我带来的好东西。他们忘掉了所有的恐惧,紧紧围在一起,仿佛其他的一切都不重要了。大家满口只讨论这些食物:家人早就被遗忘在脑后。

戈尔迪舅妈做了一锅热汤,我盛了一些,跑回去给外祖父喝。他很高兴又能喝到如此美味的汤,并感谢我,祝福我;接着他开始祈祷我平安无虞。虽然身体虚弱,他依然很清楚,晚上六点以后我还敢出门,就是在找死。不过我很幸运,路上什么人也没遇到。

没人问我独自一人是怎么在森林里活下来的。我想好了,最好还是不要让他们知道得太多,免得消息长了脚传到德国人耳朵里。德国人可能会审问他们,逼他们招供事实。

舅舅说,他和舅妈的哥哥都在为德国人干活儿,做着取树汁的工作。一天,他们正在马伊丹的树林中做工,有个乌克兰监工想杀犹太人,仅仅为了取乐。其他监工制止了他,但舅舅无意中听到其中一个说:"耐心点,11月1日很快就到啦。"

也就是说,很快就要对这个片区的犹太人进行最终"剿灭"了。我怀着沉重的心情告别了亲人们,强忍着泪水不泄露内心的想法。舅舅以为我只是又出去讨要食物,建议把猫咪留在家里。但玛拉赫还是一如既往地紧紧跟着我。

我满心悲伤地去了外祖父那里,与他做最后的告别。我们拥抱了彼此,我亲吻了他的面颊,心知这是最后一次。我很庆幸,因为衰弱与饥饿,他并不明白我们再也不会重逢了。我久久地凝视着他,要是能侥幸活下来,我一定要将他的样子深深铭刻在记忆中。

14. 河上"木筏"

我出发向科奇沃村的方向走去,穿越整个森林。此时的我已经很熟悉林中的一草一木,清楚哪些树是我和同伴最好的庇护所。走在森林中,我看到了松鼠、狐狸和鹿。小鹿们在灌木丛之间跳跃奔跑着,吃着美味的野莓;我想和它们一起嬉戏,它们却因为看到我这个陌生人而吓得四散逃走。但我已经觉得自己就是它们的一员,想着怎样才能在鹿群之间好好地生存下来。

我想睡一觉,却突然发现玛拉赫不见了。四下一看,发现她躺在附近一条水沟里。"你这个傻瓜,"我嗔怪道,"你可不能离开我啊,没有你我会迷路的。"和往常一样,玛拉赫沉默以对。

我刚想站起来,就看到远处有三个德军士兵在进行侦察。他们要么是没有军犬,要么是觉得在林子里游荡很安全,因为本来就是属于他们的地盘。我意识到,玛拉赫在提醒我找地方躲起来,于是也跑进了她藏身的那条水沟。德国人巡视了一番,自满地认为这片森林里没有任何人,就继续赶路了。

那时,我已经睁不开眼睛了,很快就进入了甜蜜的梦乡,补充了急需的睡眠。醒来的时候,我想起秋天已经来了;又想到很快就是冬天了,一股凉意蹿遍了脊梁骨。我开始思考下一步该怎么办。我明白,要活下去,就必须不断地打算和计划。

我想起马伊丹附近有个小村庄,那里有个好心的波兰人,他和妻子曾经为我提供过一段时间的容身之所。他俩房子里没有多余的房间,所以我是睡在周围有高围栏的花园里。那个波兰人是个樵夫,他需要人帮他砍树,再砍成柴火,或者做成棺材。我决定再去碰碰运气,求他们收留我。即便他和妻子只能让我住短短几天,也能争取时间思考下一步怎么办。

我来到他们家,说可以帮他砍树。

"如果是男孩能帮上更大的忙,"再度见到我的他如是说,"但你是个挺强壮的姑娘,应该是个不错的帮手。"

他同意我帮忙干活了,真开心。我俩一起来到森林里。我小小的双手抬着沉重锯子的一边。樵夫则站在另一边,我们一起做伐木工作。起初,我很害怕这危险的工作,一直担心树会倒下来压死我。稍有不慎,树就会砸在我们两人身上。然而,很快我就非常相信樵夫的判断力了。这样的活计他已经干了很多年,哪怕最直的树木,他只需看一眼,就知道会往哪个方向倒。

邻居们对我的存在一无所知。花园的围栏高于视线,门上有一把结实的锁。邻居们白天都看不到我,因为往返森林时,我总是躲在樵夫的推车上。推车的围边很高,而我来了之后,樵夫又把它们加高了。去森林的路上,我就躺在空荡荡的推车里,趁机多睡上一会儿。傍晚回去的路上,我就躺在一堆木头之中。

回到家,迎接我们的是一顿美餐,有土豆、酸奶油、软酪和很多黄油三明治。要是能这样一直生活下去,那我就太满意了。然而,这样的好运并不长久。

一天晚上,我正在花园里熟睡。当时整个人藏得很好,就在围栏边的稻草上。我突然惊醒了,因为听到围栏那边传来窃窃私语,一个邻居正在对自己老婆说,他要爬过来看看樵夫家里藏了什么东西。我很害怕,因为他很快就会发现我,那时我就完蛋了。我明白,要赶紧采取行动,不能任由他先爬过来。

没来由地,我脑子里冒出一个想法。在荒野中生活了这么久,我已经能很熟练地模仿狗,此时这个专长被付诸实践,而且取得了巨大成功。邻居开始爬了,我也开始像大狗一样叫起来,先是轻轻地,接着提高了音量。邻居听到我的吼叫,脚下一滑,从梯子上掉了下去。我听到他和老婆跑远的声音。

这样的好运气我真是难以置信,赶紧感谢哈希姆让我急中生智。能模仿得这么好,对我自己来说也是个惊喜。

这场骚动也吵醒了樵夫和妻子,我向他们解释了来龙去脉。樵夫说:"你真是个聪明的姑娘。"说完绕到围栏的另一边,把邻居的梯子搬到花园里。看来聪明的不止我一个。

那次之后,没人再来樵夫的房子偷看了,因为谣言很快传遍了整个村子,说他有一条恶犬。但我也很快离开了,因为觉得再待下去不安全。我不可能一直学狗叫,也怕邻居们觉得这狗有一天可能会攻击他们,说不定想杀了它。

我感谢樵夫和妻子的好心。他们明白我去意已决,给了我很多食物。我向他们告了别。

我不知道接下来该去哪里,只知道必须谨慎地计划,因为即便是一个小小的错误,也可能让我付出生命的代价。我就那样四处游荡着,没法做出决定。我在一棵大树旁睡着了,睡了很久。醒来觉得神清气爽,吃起了好心人给我的食物。之前一直在下雨,但现在雨停了,我也没觉得很冷。但我真的很想念在樵夫花园里睡过的那个稻草垫子,想想还真是奢侈啊!

一天,我正在离马伊丹不远的地方走着,突然看到叫我入迷的东西。附近那条河上,漂浮着好多树干,连着一些板条箱。我没看到有任何东西在拉着它们,当然也没有机动船。真不知道这些树干是怎么被推着在河上漂动的,还漂成了一条直线。接着我注意到,每根树干之间都有绳子互相连在一起。我目不转睛地看着眼前的场景,决心要弄清楚这是怎么实现的。要是我能像木头一样在水上漂浮,就能让疲惫的双脚好好歇一歇了。我需要休息,而眼前就有个大好的机会。

木头漂得很缓慢也很优雅,我决定冒个险,搭上这趟"顺风船"。有人路过,看出我想跳下河,警告说跳到这种漂浮的木头上是很危险的。但我向他们保证,我会跳得很准。我尽量站在离水边最近的地方,小心翼翼地跳了下去,正好落在一根木头的中间。

接着,我躺了下来,享受着这段旅程和倒映在清澈水面上的灿烂阳光。不久,我注意到两根木头之间有个小包袱,于是捡了起来。我惊讶地发现,那是共一百兹罗提[①]的纸币。我对拿钱感到很内疚,并为此向玛拉赫道歉。"我相信,不管这钱是谁

[①] 波兰货币单位。

的,他都不会比我更需要。"我一边解释,一边把钱好好地藏进口袋里。我希望自己还有机会花掉这笔钱,但也不知道会在哪里花。我并不打算去大城镇,那样不安全。

我顺着河水漂流而下,沿路有驾着马车的农夫一直朝我大喊,这样在木头上并不安全。我也朝他们喊,自己经常这样做,一点也不危险。漂了一会儿,木头更慢了,我意识到它们快要漂到终点了,于是跳到长满青草的河岸上,走向附近的村庄。

一看到房子,我就走过去,从口袋里拿出一张五兹罗提的纸币,敲了敲门,一个面善的男人开了门。我说是舅舅让我来找他买点吃的,因为现在我家那边几乎没什么东西可吃了。他很惊讶,问为什么我舅舅不亲自来。

"他太忙了,"我说,"而且我干这点事情绰绰有余。"

"这一点我倒是看出来了,"他评价道,"但我还是想不明白,你这么个小女孩,要带着这些东西走这么长的路。"我担心他怀疑我没说实话。

"你舅舅叫什么?"男人问道。"雅内克·弗鲁贝尔,"我说,"他说和你很熟,所以才派我来。"

"我从没听说过这个名字。而且,我们也没多少食物了,"他说。接着他看到了我手里的钞票。"但你可以把那五兹罗提给我,告诉我你想要什么。"

"我想要三瓶牛奶、一大条面包、黄油,再来些水果,"我对他说,"我发现你们这里有很多果树。真希望自己家里也有啊。"

"你家在哪儿?"他追问道。

"我是谢尼亚瓦①人。搭了个顺风车来的,回去也有车可以搭。你会说乌克兰语吗?"我怯怯地问道。

"一个字也不会。"他回答。

"我会,"我撒谎道,"我是乌克兰人。"

一听这话,他害怕起来。"请你不要告诉别人我这儿还有很多食物。"他说。

"我不会说的,"我保证道,"但后面我可能还会回来买的。"

离开农场之前,我还大着胆子要了一杯热饮。我确信能要到,因为他觉得我是乌克兰人,是个重要人物。走的时候,我发现他很高兴。那是我第一次意识到,波兰人很害怕乌克兰人。

几天后,买来的食物都吃完了,我先是想再去找那个农夫买一些。但又想到,同一个地方去两次并不安全。要是德国人听说我去了,可能会在那里设下陷阱。

村庄都没有明确的村名路牌,有时候我并不知道自己究竟来到了什么地方。我没有特定的目的地,所以最终走到哪里也没什么区别。但我不能在任何地方停留超过一两天;而且敲陌生人的门总是异常冒险,因为我任何时候都可能被认出来,然后被出卖给德国人。我明白,最重要的就是遇上非常善良的人,要么不在乎我是谁,要么意识不到我是谁。很多时候,我都会坐下来思考自己到底是谁,德国人怎么会像对越狱者一样,对我围追堵截。但结论总是一致的:我是无辜的,应该被围追堵截的,其实是那些追捕我的人,而不是我。

---

① 位于波兰东南部的一个小镇。——编者注

现在，我口袋里还剩下九十五兹罗提，真是个有钱的姑娘啊。但我没有家。我是多么渴望能在夜晚走进某一栋房子的门，坐在一个灯火通明的房间里啊。我不想独自一人面对黑暗风餐露宿，满怀羡慕地凝视着那些亮灯的窗户。

然而，在广袤的天空下，全世界都属于我，我有很多时间去探索、观察和学习。我成为一个小小科学家，学会了根据太阳的位置来判断时间。有时，我会在树林里的空地上组装一个临时日晷，用一根棍子在土上画出一个圆圈，然后把另一根棍子放在中间，根据棍影的角度来估计大概的时间。我还学会了观察云朵移动的方向，要是朝我这边飘来，就一定得找个地方避雨了。

我知道，要是想活下去，就得一直保持干干净净的。只要确定对方不会怀疑我，我就会从农妇们那里借来剪刀，把指甲剪了。但这不是常事。有时候我想直接用牙齿咬掉指甲，但太硬了，暖和的肥皂水都没法将其泡软。我会想，自己还能不能活到再次享受暖和肥皂水洗手的时候。

我想起大卫王杀死巨人歌利亚的故事，真希望能像前者一样，自己动手做个弹弓。大卫王那时还是个年轻小伙，而我是个年轻女孩，那我为什么就做不到像他那样呢？我认真想了一下，做弹弓需要橡皮筋，而我没有。我想好了，总有一天，我也会有个弹弓。之后我就会躲在树木或者地洞中，等到纳粹进入射程内，能杀多少杀多少。但我明白，这只是个梦。我晚上梦，白天也梦，再就是去买吃的，除此之外无所事事。

只要食物吃完了，我就用在起初那个村庄里同样的办法，用兹罗提买能买到的东西。我甚至从一位农妇那里买了一双鞋，虽然大了好几码。我对那位农妇说，鞋子是给我继母买的。身上还剩下五十兹罗提，我继续从农民们那里买食物，我说是为别人买的，他们总是相信我的话。我的钱也够买纸和笔，但我知道，要是被纳粹抓住，又被发现在记日记，那会要命的。

我还花了二十兹罗提买了一块二手表。这样我就知道确切的时间，也知道晚上要忍受多少个小时的黑暗。我没有把手表戴在手腕上，而是放在了我那捆越来越少的纸币中间。我不需要一直看时间，我对自己说。我很确定这手表以后会派上用场。有一天我会用它来换取一些食物。我继续观察太阳，让脑子里有事可想。

我回到森林中，用灌木当床。也不知道究竟睡了多久，但这并不重要。我神清气爽，像是在一张真正的床上睡醒。我起了床，又吃了点东西，拿起包袱，走向空地。仍然只有我一个人，真好。

白天越来越短，天气也凉了很多。我很清楚，在冬天的森林里，无处容身的我是活不下来的。我一定得想出另一个计划了。思考的同时，我又吃了点东西。振奋精神之后，我继续往前走，来到赫梅尔里克，一个我已经十分熟悉的村庄。我从友善的村民那里讨来了一些食物，他们一定不会出卖我，因为以前也没发生过这样的事。

我在赫梅尔里克待了几天，每天晚上都睡在不同的谷仓里，希望没人发现我。每晚入睡前，我都听着寒风在树木间呼啸而过，吹得树叶窸窣作响。我禁不住思念起还活在世上的家人们。日子一天天过去，我越来越孤独，终于，我下定了决心，无论未来命运如何，我都一定要和还活着的家人们分享。

我决定返回塔尔诺格鲁德，我还把那里当作自己的家。我开始规划返回的最佳办法。我知道，回去的决定是愚蠢的，但我太孤独、太疲惫了，即便只能与家人共度短短几天，在真正的床铺上睡个短短几夜，似乎也值得冒险。我丝毫不知，就在第二天早上，我心爱的小镇塔尔诺格鲁德会发生什么。

15. 最终"围剿"

在一小片湖水附近，我看见一群鹅。我从树上砍下一根树枝，将鹅群引向一栋孤零零的房子。一路上，人们像看外星人一样看我，对我大喊大叫，让我不要管那些鹅了。他们是在同情那些鹅，而不是我。我没有理会他们，继续围着鹅群蹦蹦跳跳，又指挥它们往孤零零的小房子走去。我想看看是谁住在里面。

这房子一定住过人，但不管是谁住在那里，也都已经离开了，这房子被废弃了。里面还有很多食物，感觉之前的住户是匆忙离开的，或者很快还会回来。我吃了房子里的一些东西，又喝了从里面找出来的牛奶，在包袱里装满食物，又出发了。

我找不到方向，不知道公路在哪里。很快，我来到了一片空地，遇到一些波兰伐木工。他们停下工作，问我是怎么到那里的。我说我两天前离家去采蘑菇，结果迷路了。顺着这个话头，他们提到了当天的日期：10月31日。我突然想起艾布拉姆舅舅给我讲的事情，马伊丹森林里那群乌克兰人其中的一个说："耐心点，11月1日很快就到啦。"

如果我想赶在11月1日之前回到塔尔诺格鲁德，那就得抓紧了。

穿越科奇沃村的路上,一位波兰老太太给了我一些新鲜出炉的烤饼干。我没有吃,而是放进了包袱里,里面还有我在那栋废弃的房子里发现的食物。我本想给玛拉赫一片饼干,但又向她解释说,我想把每一片碎屑都留下来给家人吃。玛拉赫似乎并不在意,继续紧跟着我,从来没显出饿或渴的样子。

我很想尽快回家,但又在迂回地走不同的路,好尽可能地逃脱德国人的侦察。我走得很快,有时候甚至小跑起来,仿佛有磁铁在牵引着我。我又变了一次方向,来到塔尔诺格鲁德的另一边。我绕过了镇子,现在在沃胡夫-古尔内①的边缘。

这是个能讨到更多食物的机会,我不能放弃,于是去找了几家农户讨要。和以前一样,我找到的每个人都以为我是个基督教女孩,但同时也为我没有食物而感到奇怪。有个女人甚至问我:"你妈妈不给你吃饭吗?"

"我和继母一起生活,她不太喜欢我。"我回答。

"可怜的姑娘,"她说,"来,拿几个鸡蛋去。你只要饿了,就回来要好了。"我感谢了她,说一定很快就会回来的。但我有种强烈的预感,乞讨食物的日子就快要画上句号了。

现在我已经有很充足的食物了,满满一袋很是沉重。我想靠着大树睡一会儿,但明白自己应该抓紧时间赶回塔尔诺格鲁德,与亲人们团聚。我天真地认为,无论如何,艾布拉姆舅舅和戈尔迪舅妈一定会想办法保护我。我也相信德国人伤害不了我。他们已经有过很多机会了,却还是没能动我一根毫毛。也许我还

---

① 卢布林省的一个村庄。——编者注

是有点幼稚。去塔尔诺格鲁德的行为当然是愚蠢的。我应该离那里远远的，尤其是在那命中注定的11月1日，那一天将永远铭刻在我心中，直到我死去。

亲爱的塔尔诺格鲁德终于出现在视线中，我朝它飞奔而去，仿佛要去那里完成一个使命。第一件事就是去看外祖父，他已经形同骷髅，饿得丧失了希望。但看见我时他是那样快乐，简直无法用语言形容。我那时才明白，不吃东西，人还可以活一段时间，但要是没有希望，就一刻也活不下去了。一看见我，他就用尽全身力气坐起来，要向我问好。他的声音已经微弱得像说悄悄话，但还是为我祝福，希望我一路平安。我把面包屑蘸水，想喂给他吃，但他已经咽不下任何东西了。我坐在他床边，眼睁睁看着他陷入昏迷。他的样子是那样安详，我希望他永远不要醒来。他已经遭受了太多痛苦，绝对熬不过即将到来的严冬。我默默地做了最后的道别，去找艾布拉姆舅舅了。

他和家人也都因为饥饿而无比虚弱。我拿去的食物，几乎立刻就被舅妈做成了一顿营养丰富、热乎乎的饭菜。吃完之后，舅舅说，那些在犹太新年前夜被带到伊兹比察的人，都被赶进了木棚，活活烧死了。负责灭绝犹太人的纳粹党卫军别动队[1]，在隔都吹嘘他们的"壮举"，这才曝光了大屠杀的消息。

我惊恐地盯着舅舅，但他已经无话可说了。

我感到彻头彻尾地筋疲力尽，换上睡衣，哭着睡着了。

凌晨时分，屋里的尖叫声和外面的枪声把我惊醒。我跑去找到舅妈的姐姐吉特尔，她抽泣着说很羡慕我的父母和姐妹，因

---

① 纳粹德国在第二次世界大战期间成立的特别行动小组，主要负责在占领区内执行大规模种族清洗。——编者注

为他们已经摆脱了所有的烦恼。男人们都到隔壁房间里去做祷告，念《诗篇》了。他们知道外面的枪声意味着什么；最后的时刻已经到来。我确信，这也是我的末日，我也会在这天死去。

突然之间，戈尔迪舅妈朝我大喊，叫我赶快起床逃命。

没时间换衣服了。我穿着睡衣起身，整个人都在颤抖，而舅妈塞了一篮子面包和一些水到我手里。说时迟那时快，一个士兵从门外冲进来，命令所有人离开房子。我别无选择，只能跟着其他人走了出去，但我绝不愿意就这样束手待毙。我决定再次逃跑。

我对玛拉赫打了个信号，迅速溜进了旁边的院子，躲进谷仓，藏在稻草下面。一分钟后，这处房子的基督教主人和两个士兵一起进来了。他们命令主人扒开稻草，于是我立刻现了身。我没有逃跑，而是决定表现得满不在乎，让德国人以为是我那个基督教家庭的一员。

我内心怕得要命，但还是抱着试试看的心态，朝那位波兰人扑去，同时用波兰语偷偷地求他不要拆穿我，并且保证只要士兵一走，我也会马上离开。"我还这么年轻，"我对他说，"我想活下去。总有一天，我会报答您的。"

士兵们听不懂波兰语，也不懂我在说什么。在他们眼里，这一幕一定像是那位农民拥抱了我片刻，而不是我去拥抱他。他们一定认为我是这个波兰人的女儿，出于好玩在谷仓里睡着了；因为其中一个士兵从农民手里拿过耙子，亲手戳起了稻草。他正戳着，我从谷仓后面溜了出去，玛拉赫紧跟在我身后。

战争结束后，我得知，这个谷仓后来被点了火。藏在里面的所有人都被活活烧死了。

我很慢很慢地走着，仿佛时间多的是。走出农场后，我漫不经心地在一片田野上散步，一路随意地捡拾着鹅卵石。

我和一个士兵擦肩而过，他用德语厉声喝道："回家找妈妈去吧，你这头蠢猪。"

但我假装没听懂，因为波兰人是不说德语的。我是从基督教的家里出来的，德国人也不知道我是犹太人，甚至还命令其他人别管我，说我看起来像个智障儿。我还穿着睡衣，头发也很凌乱，看起来的确智力有问题。我咧嘴傻笑，向所有人招手。他们也朝我招手，而我继续往前走，一路都在玩着鹅卵石。

我对塔尔诺格鲁德周边的地形了如指掌，决定走到田野对面的砖厂。我在砖窑停顿片刻，凝视着烧炉深处，想要以此来掩盖那些震耳欲聋的尖叫声——镇上的人们正在被依序枪毙，我的亲人们也在其中。

茫然无措之中，我迈着沉重的步伐走过一栋房子，这里的犹太户主们是和我父母与姐妹同时被带走的。房子看上去已经荒废，我觉得在里面应该看不到任何生命迹象了。然而，随着越走越近，我听到了一个孩子抽泣的声音。我不可能视而不见地走过去。孩子的哭声总会让我心绪涌动。眼下这哭声很悲伤，我朝屋里望去，一探究竟。

映入眼帘的情景我到死都不会忘记。空无一物的房间正中，坐着戈尔迪舅妈七岁的侄女利贝尔。泪水顺着她苍白的脸颊流淌下来，她是那样绝望而孤独。看见我，她没有动，也没有说话。她已经害怕到了极点。

我走上前去，紧紧抱住她。过了一会儿，她不哭了。我想，以她当时的精神状态，不一定能认出我，应该是拥抱带来的单纯温暖，让她感到安慰。她颤抖而胆怯地小声告诉我，一个德国士兵闯进她家的房子，命令每个人都出去。妈妈告诉她快跑，躲进基督教人家的家里。我想起她的姐妹埃泰莱和托贝利，还有兄弟们，不知道他们是不是也逃跑了。但我没有再见过其中任何一个。

我全心全意地对利贝尔感同身受，但也很清楚，自己没法为她做什么，如果和她待在一起，我们只能一起被发现，一起死。

"我急着赶路，"我对这可怜的孩子说，"就坐在这里吧，亲爱的利贝尔，妈妈很快就会来带你回家的。"

我在小女孩的头上留下一个吻，怀着沉重的心情离开了那栋房子。我清楚地知道，她撑不了太久，但我没法帮她。我没法留下来照顾她，而我自己也不知道能不能成功逃走。但我得努力，我祈祷上天会帮助我。狠心离开的时候，我都不忍心回头看可怜的利贝尔一眼。

我沿着田野越走越远，来到一座桥边。我看到一个大约二十岁的犹太小伙子躲在桥下，他手里拿着一个笔记本和一支笔。应该已经写了一段时间了，因为很多页都被写满了。他抬起头看到了我，惊呆了。但很快又冷静下来，叫我和他一起躲着，等有游击队员来了，我们就可以与之会合。但我知道，两个人一起的生存概率比一个人要小，所以拒绝了他的提议。

突然，我们看到了一个德军士兵，还有一条军犬，正向这座桥走来。

"给，至少把我的日记带上。"小伙子恳求道。但我不得不再次拒绝他；要是我被抓到了，身上还带着对纳粹暴行的记录,我很清楚会有什么后果。

我从桥边走开,那个越走越近的士兵应该看得很清楚。但他似乎没有注意到我。我跟他甚至都面对面了,他应该注意到我的。也许他的确看到我了,但以为我是个基督教女孩,一个带着猫的、愚蠢的基督教女孩。

我离桥边越来越远,突然传来一声枪响。过了一会儿,我看见那个士兵离开了,嘴角还叼着一根烟。对他来说,杀害犹太人只不过是例行公事。那个可怜的小伙子本来还希望人们能看到他记录下的那些事实,但他已经成为德国人反人类罪行记录中的一个数字。真希望那个士兵的枪会意外走火,把他自己也给杀死。那是罪有应得。

我想起这片儿有个父亲的旧友,与父亲交情很好,多次给过我面包,于是朝他农场的方向走去。我去过很多次了,现在却感觉非常遥远。我好不容易才能抬起沉重的脚步。

不过,我的双眼倒是很清醒地睁大着,环视着整片地区。我的感官更敏锐了,树木的颜色鲜明而美丽,还没枯黄的一片片草地似乎比之前更绿了。我以前所未有的视角去观察那些房子,越来越坚定地不想离开这个世界。我奔跑起来,一心向前,不左顾右盼。

我穿着睡衣,看起来就是个反应迟钝的波兰女孩,跑呀跑,到达了目的地。农夫是个好心人,给了我一片面包和一杯牛奶,让我先恢复一下体力。他还给了我一块白色亚麻布披在身上,他的妻子又往我手里塞了一条围巾。

"我决定冒个大险,"农夫说,"我想救你的命。你能带我的牛出去吃草吗?"

"能的,"我说,"我和牛是好朋友,一点也不怕它们。"

农夫和妻子叮嘱我,带着牛往罗扎涅茨走,半路有一片小树林,就把绳子绑在一棵树上。"让牛在那里吃草,"他说,"你继续走到森林的另一边。我们会想办法把牛弄回来的,今天不行就明天。"

我感谢他们如此好心。"我永远不会忘记你们的。"我对他们说,衷心希望他们平安无虞,不要因为帮助我遭受什么痛苦。

我赶着牛往牧场走去,努力做出一副勇敢无畏的样子。但凡看到士兵,我都要微笑招手,仿佛在说:"我不是你要找的人。"

要是有任何一个士兵稍稍朝我这边仔细看看,就会看到一个奇怪的画面,当然,对他们来说并不重要:一只猫围着个样子很怪异的村姑绕圈,村姑一只手拉着头牛的绳索,另一只手在抛耍着鹅卵石。

我站在山顶上,俯瞰着要逃离的村庄,发现整个村镇都被士兵包围了。塔尔诺格鲁德的人们已经无路可逃,我也很怀疑自己能否顺利逃走。

我按照叮嘱,把绳子拴好,在茂密的灌木丛与树丛之中匍匐而行。过了一会儿,我觉得还算安全,就从藏身处往外看,发现路边不远处有五个犹太男人。我认出他们是我父母的朋友,我们这些孩子都亲切地叫他们叔叔。他们藏在田野上的几棵树之中。

我很激动,朝他们走去。他们急切地想知道塔尔诺格鲁德的消息。就在昨天,他们预感到德国人要把成年犹太男子都赶到基督教公墓里去处决,于是离开了小镇。我支支吾吾地把事情的真相告诉了他们,他们面面相觑,惊呆到哭不出来,大家心里都明白,自己的妻子与孩子都被杀害了。

等从听到消息的震惊中恢复过来以后,他们给了我一些食物,还说他们给了一个罗扎涅茨的波兰妇女一些钱,对方给了他们吃的喝的。他们邀请我加入这个小团体,但我觉得他们的生存概率也不高。另外,我也不想作为唯一的女孩和五个男人待在一起。我感谢他们给我食物,就继续漫无目的地往前走了。

和他们分别后不久,我就看到一个波兰妇女领着一个德国士兵直奔他们而去。一轮枪声过后是阴森的寂静,我知道,父母的朋友已经加入了德军野蛮罪行的受害者名单。

我转身离开了通向罗扎涅茨的道路。出卖那五个人的女人就来自那个村子。我觉得去那里不太吉利。我走在返回科奇沃的路上。路的一侧有一条沟,我决定在沟里过夜。

我一下子就睡着了,却被喊叫声惊醒:"快来,一定有人躲在这里!"

两个德国士兵带着强光手电筒和一条阿尔萨斯猎犬[①],迅速朝我的方向奔来。不知为何,我没有被发现。那条狗在我周围嗅了嗅,站着不动,等待进一步的指示。两个士兵讨论了很久,转身向塔尔诺格鲁德方向走去。

---

① 也称为德国牧羊犬。——编者注

16. 在葛罗米卡家暂休

我应该在沟里睡了好几个小时,因为睁开眼睛的时候,太阳正在升起。睡着之前,我已经背诵过意第绪语的祈祷文;我什么都没有了,只剩信仰。不远处就是科奇沃的房屋,我已经非常熟悉这座村庄了。不久之前,我曾那样接近死亡,到现在仍然被那种震惊弄得疲惫不堪,于是我又睡着了。畅快地睡了一觉之后,我醒过来,发现变了天,空中间歇有闪电闪过。继续躲在沟里也没什么意义了,我朝科奇沃走去。

身体的饥渴与精神的绝望,再次促使我冒险敲开了路上第一所房子的门。开门的是一位矮小而慈祥的老爷爷和他温柔的妻子。他们毫不犹豫地把我请进了门。客厅里有个坐姿拘谨的年轻女人,感觉她很不自在,真是奇怪。老夫妇向我介绍说,她是儿子的新婚妻子。从她的双手我看出她这辈子都还没干过什么苦工,但看样子都已经20岁上下了。她长得很漂亮,很可能出身于一个富裕的家庭。她肯定不能像我这样活下去,我这样想着。

老夫妇把我带进厨房,给了我吃的喝的。老太太告诉我,新婚的儿子和其他许多年轻的波兰人一样,被送去了德国做苦工。他让妻子留在家里,和老夫妇俩待在一起。但这位年轻的妻子很懒,不愿意管家里的事。老太太希望儿媳妇能多为家里的事情上上心,但那位年轻女孩只是说,她嫁的是他们的儿子,不是他们。

虽然她讲的事情很不幸,却正中我下怀,因为这样一来,老夫妇就需要我的帮助了。我对此可是求之不得。干活儿我一点儿也不怕,只要能拥有自由,吃上食物。我默默地感谢父母没有把我宠坏。从小我就分担了家庭的责任,变得能干坚强。

老爷爷也来搭话,自我介绍说他叫葛罗米卡先生。"我和你爸爸关系很好,"他说,"伊扎克经常来看我们。我还去过几次你们家。所以我一开门就认出了你。我知道你和家人现在很困难。我想尽可能地帮你。"

战前,家里经常会来很多爸爸妈妈的朋友,但我想不起见过葛罗米卡先生。我意识到,他和妻子都还不知道塔尔诺格鲁德发生了什么。他们问我家人怎么样,我说他们都很好,又因为撒下这个大谎而心中愧疚。但我不得不撒谎,不然他们就会怕得不敢收容我这个犹太女孩。我知道,他们收留我也很不安全,但我希望他们暂时感受不到这种风险。我实在太需要休息几天了。

葛罗米卡夫人提出,我可以住在他们家,家务和农务都用得着我帮忙。我提醒老夫妇,在家收留一个犹太女孩可能会受到惩罚。夫人回答,他们很同情我,愿意冒这个险。不过从此以后,他们不会叫我玛拉了,会叫玛丽西亚。

"你一定会喜欢这个新名字的,"葛罗米卡夫人说,"现在你得慢慢习惯,只有叫这个名字才答应。"

我挺喜欢他们给我的新名字。以前班上就有一个玛丽西亚,是个可爱的基督徒女孩,我对她印象很好。用她的名字我是不介意的。去看安妮拉姨祖母的时候,我也用了玛丽西亚这个名字,所以已经很习惯了。

葛罗米卡夫人忙着为一家人准备饭菜,让我削点土豆和胡萝卜来煮汤。饭桌上,他们称赞我帮厨时手脚麻利,做出来的食物也很美味。吃完饭后,我开始烤面包。面包进了烤箱,葛罗米卡先生带我去了牛棚。他惊喜地发现,我竟然不是第一次干牛棚里的活儿。

葛罗米卡先生让我保证,除了从房子到牛棚这段路,我不会冒险去其他任何地方。他严厉地告诫我:"为了你自己和我们,任何时候都不要让旁人看见你。"

我郑重起誓,一定会听他的话。能有片瓦遮顶,有床睡觉,我已经很开心了。即便那张床只是铺了稻草垫的长凳,被子只是一条大披肩。葛罗米卡一家都是好心人;我感觉自己获得了暂时的幸运,不断背诵着祷文。

给牛挤奶后,我洗了碗盘,把台面清理干净。我觉得很累,眼皮渐渐下垂。我努力保持清醒,为以后做更多的打算,但眼睛却不由自主地闭上了。

几个小时后,我醒了,感觉神清气爽,力气大得自己都惊讶,但也为自己还活着而感到内疚,因为我的全家人和认识的其他人都已经死了。我得摸摸自己才能确定身体依然是热的,又拧了下手臂,感觉到了些许疼痛。我还很想念玛拉赫,葛罗米卡一家不许她进屋来,说她不是我的猫,而且我需要操心的事情已经够多了。此时猫咪很可能在牛棚外淋着大雨,苦不堪言。说实话,我对她的处境可谓感同身受,她就像我的家人一样——我只剩下她这一个家人了。

我心中怀着恐惧,又睡不着了,就怕突然听到有人咣咣砸门,用熟悉的德语喊道:"开门!把犹太女孩交出来!"但没人上门,我迷迷糊糊快要睡着了,感觉到有谁在抚摸我,有双眼睛在凝视着我,眼底仿佛有火焰在燃烧。那是我亲爱的猫咪,我能看到她眼里的悲伤。我轻轻抽泣着,终于睡着了。

第二天一大早我就醒了，很快就听到葛罗米卡夫人在喊："玛丽西亚。"我想也没想就回答了。我惊奇地发现自己很快就适应了新名字和新环境。不知怎的，我觉得很自在，甚至能在吃饭时自如地背诵一段犹太经文。我会出声背诵，让大家都听到。

"我的孩子，你继续祈祷下去吧，"葛罗米卡夫人说，"一切都会好的。不过吃早饭之前，你得先去挤奶。"

我手脚麻利地拿起院子里的牛奶桶，走向牛棚，不敢左顾右盼。我真心相信，只要我不看到别人，别人也看不到我，而且我还用大围巾包住了脸。很久之后，我才意识到这种想法是多么天真幼稚。

我成功给两头牛挤了奶，一滴都没洒出来，也没被牛踢到。这成就真令人自豪，我回到了屋里，终于能吃早餐啦，有黑面包、奶油和软干酪。我把一个洋葱切丁，加入奶酪中。吃着早餐，我感觉疲惫的身体又有了力量，感谢哈希姆赐予我美味的食物。真不知道我做了什么善事，竟然有这样好的待遇。我决心趁还活着，好好享受。生命是如此宝贵。"我的人生才刚刚开始呢。"我对自己说。

虽然眼下的新生活显得如此奢侈，我也明白自己得未雨绸缪，想想其他的藏身之处。葛罗米卡一家提供的屋檐只能让我暂时摆脱流浪的痛苦。这些想法我都默默留在心里，决定再等几天，再睡几个晚上的好觉，身体强壮一些再说。我还决心要尽量多吃东西，让能量存储在体内，就像骆驼在进入沙漠前在驼峰中储水。离开之前，我会向葛罗米卡夫妇讨要能撑上几天的供给，他们一定会满足我的愿望。

第二天一早和前一天没什么区别，不过我的挤奶技术又提高了。葛罗米卡一家看样子很喜欢我,我还看得出来,他们为我的命运而难过。我也为他们难过,因为明白要是德国人发现我在这个农场,他们会有什么下场。

短短几天后,我正朝牛棚走去,脸仍然裹在大围巾里,一边还做着白日梦,想着能遇到能说话聊天的年轻姑娘。突然间,我听到朝牛棚这边走来的脚步声,抬头一看,是住在附近的一个农夫。他的脸惨白如纸,情绪非常激动,像是见了鬼。

"请你相信我,"他说,"我没有出卖你。你来这儿的第一天我就看到了,但我对谁也没说,连自己的老婆孩子都瞒着。我很喜欢葛罗米卡一家,不想他们有什么麻烦。我也不希望你出什么事,可怜的孩子。但肯定有别人看到了你,把你的行踪泄露了。"

他往我手里塞了些食物,叫我尽快逃命,因为他听到传言,说德国人就要来抓我了。我吓得目瞪口呆,甚至连一句他特别当得起的"谢谢"都说不出来。

不过,眼下可不是多想或目瞪口呆的时候。我祈祷哈希姆会再次保佑我,急匆匆地从后院出去,也没有回屋拿我为数不多的东西。离开牛棚时,我看到一个女人领着一个德国士兵进入我几秒钟前还在的院子。光天化日之下,他们竟然没有看到逃走的我,真是难解之谜。

我注意到农场外面有个小棚子,就躲在那里,以为随时都会被发现。没过多久,我就听到枪声从葛罗米卡家的方向传来。我忍住了跑回去救他们的冲动。这没有意义;我明白,那善良的一家人可能已经死了。

那天的悲惨事件,不太可能有其他书面记载;所以我冒昧地写出自己的证词,向葛罗米卡夫妇的英雄行为致敬,并对出卖我以换取一公斤糖的叛徒表示蔑视——德国人给告密者的报偿就是这样。德国人没有找到我,所以可能也把告密者给毙了。但是否真的如此,我就不得而知了。但时至今日,我仍然记得葛罗米卡先生和夫人,并将永远怀念他们。

棚子里漆黑一片,但我的眼睛渐渐适应了昏暗的光线,发现一个钩子上挂着东西。那是一件毛皮内衬的男士外套。一个外套口袋里装了一瓶水,另一个口袋里有一些干面包。外套尺寸比较小,我猜应该葛罗米卡先生的。还有一条花朵图案的绿色方巾,以及一条流苏的披肩,与我盖的那条毯子类似。我脚上穿着葛罗米卡先生的厚针织袜,是葛罗米卡夫人给我的,因为我没鞋子穿,而她也没有多余的鞋子。我在马伊丹买的那双鞋早已因为长途跋涉而变得破烂不堪。而且太大了,我穿着就跑不起来。不过当时,跑步也帮不上什么忙;我应该等到时机成熟,慢慢地走出去,假装我是个自由人,而不是"逃犯"。

与此同时,我努力"隐身"在棚子里,全身都盖满干草,祈祷着要是德国人找到这个藏身地,还是不会发现我。我一点也不敢起身,就连想起玛拉赫还在外面时也不敢。那时候我只能先担心自己的安危。等了几分钟后,没人来这个棚子。我慢慢抬起头,看见我的猫就坐在棚子门口,仿佛在说:"这是我主人的房子,外人勿入。"

我看了看表,发现早餐时间已经过了很久,于是咬了一口干面包,想到可怜的葛罗米卡先生,他已经不需要食物了。想着想着,我就睡着了。

醒来的时候,玛拉赫正在棚子外面喵喵叫。我思考着自己的下一步。这种好运还能持续多久，我不知道，也不想知道。我还活着，每一分每一秒都很珍贵。从那时起，我就下定决心，要以"天"为单位来度过人生，而不是"年"。希望能好好地一直数到好几千天。要是能活下来，我就会把眼前的事情一五一十地告诉全世界。我一定不会忘记每一件发生在我、我的家人与民族身上的悲惨事件。我一定要让全世界记住德国人犯下的恶行。就算只是为了这个，我也要不顾一切地活下来。

17. 永别了，塔尔诺格鲁德

过了段时间，我离开棚子，往大路上走。我发现自己不知不觉地在往家乡走。那本应是这个世界上我最不该去的地方，但有什么东西像磁铁一样吸引着我。我继续朝魂牵梦萦的出生地走去。

我在塔尔诺格鲁德的外围暂作停留，去了诺里卡先生的家。父亲过去经营的果园就是从他手里租下来的。诺里卡先生以前还是我们的邮递员，把什穆埃尔舅舅从巴勒斯坦写来的信送到家里时，他显得和我外祖父一样高兴。他总是对每一个人都很亲切友好，这也是永远不应该被忘记的善良正直之人。

诺里卡夫人开了门，我一眼就看到她女儿纳迪亚坐在那里。纳迪亚以前是我朋友，但现在都不愿意来给我开门，只是从远处迅速瞥了我一眼。然而，她弟弟则疾步走了过来，直言不讳地提醒母亲，即便跟我说话也很危险。

诺里卡夫人拿出一些食物给我,然后礼貌地请我离开。过了一会儿,她又把我喊了回去,给我指了附近的一栋房子。

"那边那家人的女儿被召到德国去做工了,"她说,"他们特别不高兴。玛拉,你看起来不像犹太人,波兰语也说得特别好。也许他们会让你顶替女儿去德国。亲爱的,求你千万不要告诉他们是我让你去的,就说你从别人那里听说的。愿主与你同在,可怜的孩子。"

我感谢了诺里卡夫人,不过对她的计划能否成功并不抱太大希望。但我还是采纳了她的建议,敲响了那家人的门。

开门的是个样子怯生生的单薄女孩。

"你的妈妈或爸爸在吗?"我问她。她的妈妈来了,立刻就认出了我,没有邀请我进去。我告诉她我听说了她家的困境,觉得我代替她女儿去德国劳务介绍所①报到应该是个不错的法子。

那女孩一听我的话便容光焕发。"好呀!"她开心地喊了起来,"谁知道去了那儿他们会怎么对待我!"

经过母亲的允许,她拿出了她的征召文件、出生证明和当地牧师的信。任何被征召者都必须在劳务介绍所出示这些文件。我读了牧师的信,其中向德国人保证,持有该文件的人是他本人认识的一个基督教女孩。

她们给我喝了这辈子从来没尝到过的美味羹汤。但就在我开心地喝着这热腾腾的玉液琼浆时,女孩的父亲回家了,大吼大叫起来:"她在这里干什么?滚出去!"

---

① 纳粹用于管理和分配劳动力的官方机构,包括征召战俘和强制劳工,以支持战争经济。——编者注

他把我扔到街上，还说："你运气算好的了，我没把你上报给德国当局，已经很好心了。"

我转身离开，听到他在对妻子解释，要是骗局被德国人拆穿了，那麻烦就大了。但在这家打探到的信息非常有用。我得知那个姑娘会到比乌戈拉伊①的劳务介绍所报到，那是离塔尔诺格鲁德最近的大城镇。我决定往那里去，虽然手上一份必要文件也没有，也无从拿到相关文件。但我反正也身无长物，光脚的不怕穿鞋的。

我继续往塔尔诺格鲁德的中心地带走去。人们肯定会停下来仔细瞧我，因为我不是个正常姑娘的样子，穿了件比自己大上三个码的男士外套，外面还包了一层厚厚的披肩、超大的围巾，脚上穿了一双厚厚的袜子。我祈祷哈希姆能让我隐身。

接着，我和在身边小跑着的玛拉赫，一起进入了心爱的塔尔诺格鲁德，这是最后一次了。我的双脚不由自主地朝家的方向走去，仿佛正在白日做梦。我几乎要喊出声来："亲爱的妈妈，请来帮助我啊。最亲爱的巴拉，请告诉我接下来该怎么做。你比我年长很多，也聪明很多。"这些话我都是在心中默默说的，仿佛陷入了深深的梦境，又突然惊醒过来。意识到自己前进的目的地，我的脊梁骨感到一阵寒意，立刻就改变方向，向镇中心走去。

熟悉的街道安静而冷清。塔尔诺格鲁德宁静而荒凉——几乎像个墓地。所有我认识和喜爱的人都不见踪影。只有我还在。有那么短暂的一刻，我后悔回到了塔尔诺格鲁德，觉得自己回到

---

① 波兰东南部的一个小城，隶属于卢布林省。——编者注

这里是非常愚蠢的行为。哦，我为什么非要再回来呢？难道我不是在这里见证了亲朋好友最终的灭亡吗？

"你为什么不早点叫我回头？"我生气地对玛拉赫说，立刻又因为朝她发火而内疚。毕竟，她只是一只猫咪，冲动的是我。

"请你一直陪着我，"我对她说，"现在我只有你了。"她丝毫没有要离开我的意思，真是叫人欣慰。为了加倍确定我最需要的时候她就在身边，我把她抱了起来，一路都紧紧抱着。

远远地，我看到一个熟悉的身影。认出那是我从前的同学伊雷娜时，我不禁打了个寒战。她应该也认出了我，径直向我走来。"玛拉，我亲爱的！"她喊道，"你在这里做什么？所有的犹太人都被赶到广场上处决了，还有一些人被活埋在两个万人坑里。"

我周围的地上到处都是废弃的衣服和宗教物品。无人捡拾，可能因为大部分东西都已经破烂不堪，也可能是人们害怕它们以前的主人会在晚上阴魂不散地来纠缠，问他们为什么穿着这些衣服。不管是什么原因，那场大屠杀之后，还没人来清扫这里，已经八天了！

伊雷娜突然哭了起来。我为她的眼泪吃惊，之前我还以为她并不太关心犹太人的遭遇。但很快我就知道了她究竟为什么哭，是因为她母亲前一天去世了。我拥抱了她，过了一会儿，她平静下来。还有人能比我更对失去母亲的痛苦感同身受吗？我默默地想。是啊，我为伊雷娜难过，但不知道她是不是也为我难过。我不应该期望过高，因为她的父亲是个残忍的告密者。

"现在我爸爸接管了犹太人的软饮店，"伊雷娜说，"跟我来吧,亲爱的玛拉。你可能需要来点儿喝的。"

"我很想来一杯。"我说着就跟她去了店里。

她的父亲一看见我,就抓住我的手,想把我拽到德国人那里去,告发我,领点赏。

伊雷娜对他苦苦哀求,又不受控制地哭了起来,他才放开了我。他这不是同情我,而是可怜刚刚失去母亲的女儿。但他没有把我告发给德国人,而是给了我冰淇淋吃。

我离开软饮店,继续往市场走去。那里也堆满了被处决的犹太人的物品。有衣服、做礼拜佩戴的披肩和专门装经文的匣子,其中一些还沾有血迹。

我看到牛奶店外排着队,虽然身无分文,也加入了队伍。等排到我了,店主跑来驱赶我,叫我先从家里拿点钱再说。不过,排在我后面的一个男人谴责了她的无情无义。"你不觉得羞耻吗?"他质问道,"你对一个连鞋都没有的小女孩,就没有一点同情吗?"

店主被他质问得不好意思,给了我很多牛奶。我默默地笑了。挺身而出的这个男人我很熟悉,但他却没有认出我。真不知道我现在已经变成什么鬼样子了。手头没有镜子,但有一点我很肯定——我看起来非常奇怪。

我走到镇子的尽头,看到一个路标,上面写着"比乌戈拉伊 21公里"。天正下着大雨,我的双脚已经冻得麻木了。但我明白,不管冷不冷,不管有没有必需的文件,我都得前往比乌戈拉伊。原因很简单,我根本没有别的地方可去。

沿着这条路走了不远,我经过一片墓地,两个德国士兵正把一对犹太夫妇带进去。那是我们当地的杂货店主——卡尔曼和佩西。我一眼就认出了他们，因为我以前经常为爸爸妈妈跑腿，多次到他们店买东西。他们也一眼就认出了我，一直回头往我这边看。真不知道这夫妇俩的孩子们都怎么样了。我想，卡尔曼和佩希一定是躲起来却被发现了，可能是藏在楼板下面，也可能是某个隧道里。但看现在的情形，他们应该活不了多久了。我几乎要喊出声来，想叫德国人把我和他们一起带走，但不知怎么，却没有喊出来。我觉得自己大限未到。

我觉得很累，坐下来休息了一会儿，看着周围熟悉的童年景象，这些几乎要在我的记忆中淡出了。即便内心惭愧不已，周围美丽的风景仍然叫我心旷神怡。天光昏暗，雨点打在我身上，然而周遭世界还是那么美，一如既往；只是周围的人变了。

墓地那边传来几声枪响，我从白日梦中惊醒了。德国蠢猪已经打死了我们的杂货店主。他们回来的路上，会不会看到我，奇怪这么个小女孩在这样的雨天，一个人在外面干什么？然而，他们虽然确实朝我这边看了，却没理我。

我这是隐身了吗？我知道，这世上仍然有些好心人，希望他们不要隐身。"请你们现身吧！"我恳求道。

年轻女孩和一只猫，就这么孤零零的，感觉实在太怪异了。

"这可不是你做梦的时候。"内心有个声音说道。

我很快从幻想中清醒过来，提醒自己，我还是得去比乌戈拉伊，努力混入基督教女孩之中。

18. 劳务介绍所

我站在岔路口举棋不定,是应该走公路去比乌戈拉伊呢,还是应该绕远路,穿越田野。

"你来告诉我该往哪里走吧。"我对玛拉赫说。

结果我惊恐地发现她不见踪影了。这还是她第一次从我身边消失。但为什么呢?我问自己。真是百思不得其解。此时此刻我才真正感觉到前所未有的绝望和孤独。突然之间,我信心全无。

我从来没有去过比乌戈拉伊,又该怎么知道往哪里去,怎么找劳务介绍所呢?我只能向许多人问路,他们很可能会怀疑,这么个年轻女孩,怎么会想去德国,为什么她身边没有父母陪伴。我必须得想个借口,于是开始准备说辞。

同伴突然消失,我万分崩溃,不顾一切地回头去找她。突然,一辆马车仿佛从天而降,停在我眼前。驾车的农夫问我要去哪里,我脱口而出,说自己必须去比乌戈拉伊的劳务介绍所报到,因为我被强制征召到德国打工了。

"上车吧,"农夫说,"今天我要去那里赶集,还要去办点事。比乌戈拉伊还有21公里呢,你走路是到不了的,而且还没穿鞋子。"

马车一路行驶,他给了我一个苹果和一些面包。不一会儿,他唱起了歌,像是想让我振作起来。我们又经过一片墓地,他指着里面的一些人,还在埋葬刚刚被杀死的犹太人。接着农夫又问起我的父母亲人,我告诉他,自己只有父亲和继母,并滔滔不绝地列出继母的种种卑劣行径：对我很不好，甚至连一点随身的东西也不给我；虽然我要去德国很长时间，但她说，德国人肯定会给我买衣服的。

"亲爱的，只要你不是犹太人，就万事大吉啦。"车夫说。

接着他问我住在哪里，回程的时候他会经过我的家乡，给我父亲带话，说路上遇到了我，一切平安。他还说，会把我继母痛骂一番，让她这辈子都忘不了。"送孩子去德国，连行李甚至鞋子都不给准备，真干得出来。"

农夫很可怜我，提出一路把我送到劳务介绍所，他觉得我靠自己绝对找不到地方。他从没问过我或其他人劳务介绍所究竟是什么地方，像是很熟悉那里，这让我很吃惊。我也不知道介绍所的地址，要是没有他的帮助，肯定是找不到的。因此，我非常感激他的好心帮忙。

"你一定是上天派来的。"我对他说，心里也是笃信这一点的，因为我没看到他从远处过来，而是一下子就到了我的眼前。他对我露出友好的微笑，什么也没说，我俩像是已经认识了很久的朋友。

那天也是碰巧，德国人正在比乌戈拉伊大肆屠杀犹太人。我们来到镇子上，目睹很多人慌乱地逃跑，结果被直接击毙。农夫说，幸好他提出把我直接送到劳务介绍所，不然我很可能被误杀。

到了介绍所，他又给了我一些面包和软干酪，并祝我好运，又再次保证会把我继母"痛骂一顿"。我心里很清楚这是不可能的，因为我给了他一个假地址；而且也不知道为什么，他并没有因此质问我,因为刚才的言谈之间,他表示自己很熟悉塔尔诺格鲁德。

我告别了这位好心的农夫,从马车上下来。当他赶车离开,我久久地望着他的背影。刚才那段短暂的时间,我没有感到恐惧,反而有种安全感,实在轻松。能和别人有问有答地聊天,感觉也很好。这么多天以来,玛拉赫一直沉默以对,我实在太需要可以交谈的人了。然而,现在,就连玛拉赫也不见了。

我开始怀疑自己到比乌戈拉伊是不是个明智之举。也许我应该老老实实地待在安妮拉姨祖母附近的林子里。然而,后悔已经太晚,我已经回不了头了。大街小巷,屠杀肆虐,我活不下来的。即便幸存下来,我也活不过森林里的冬天——这一点我是非常确定的。然而,眼下我的处境也毫无希望,很难想象会有自由的那一天。

劳务介绍所的休息室单调无聊,里面全是年轻小伙和姑娘。我在一个女孩身边坐下,她立刻就走开了。有人在她的位置上坐下来,但过了一会儿也走了。原因并不难猜。我已经一个多星期没洗过澡了,指甲也又长又脏。虽然坐了农夫的马车,身上的"香气"也没什么改善。我担心起来,自己这么一副鬼样子,德国人有可能不会要我。

我走进一个厕所,打开水龙头,喝了点水,又洗了手和脚,还努力把已经很长的头发捋直。我用手指做梳子,把头发挽成了发髻。现在的样子应该算是整洁了,虽然依然很奇怪,因为还穿着对我来说过长的男士外套,而外套里面只穿着睡衣,脚上还是一双男士袜子,连鞋子都没穿。我知道,这副样子实在是太引人注目了。但即便如此,我仍然得努力自救。现在不是放弃的时候，我明白，生存还是毁灭，就在此一举了。

回到休息室，有个女孩称赞我会说话，让我坐在她旁边的椅子上。她问我怎么打扮得这么奇怪，听我说有个残酷的继母，露出真心难过的表情。又说我被征召去打工，可能是件好事。很快，她被叫进了办公室，于是从手提包里拿出自己的文件，说很高兴我们会一起做伴。

"准备好你的文件噢，"她说，"他们很快就会叫你的，你就排在我后面。"

他们没有叫我，我飞快地动起了脑筋。想去德国的话，我就得智取他们；要智取他们，我就得被叫进去面试。

我默默做了祷告，起身回应其他人的瞪视，仿佛样子奇怪的是他们而不是我。很多人将目光移开了，不再看我。他们可能觉得根本没必要看我这么个怪人。但我知道，我有必要去找他们——至少找其中一个——这样才能得到一些必要的帮助。

我再次觉得贸然来劳务介绍所是个很蠢的决定，因为我根本没有身份文件，只能空手面对负责招工的警察。我突然很想玛拉赫。也许答应车夫送我进城就是错的，我应该继续找我的猫咪。眼下就是我把那非凡的猫咪遗弃在雨中的惩罚。

我意识到，自己好像是放弃了希望，于是不再这样想了。我必须一如既往地信仰哈希姆。掌握我命运的是他，不是别人。

我环顾等待室，发现有个女孩看起来年纪比其他人要大。我还觉得她看着有点像犹太人。坐她旁边的人一起身，我就坐过去了。我看出了她眼中的恐惧。我跟她搭话的时候，她也显得坐立不安，在纸上写了几句话，叫我找别的年纪相仿的人搭话。虽然她态度很不友好，我还是决定就坐在她旁边。我个性如此，

第2章 林中避难 *101*

只要开始做一件事了,就绝不轻易放弃;而且,这毕竟是我唯一的机会,对我来说生死攸关。我得想办法和她单独聊聊。

过了一会儿,她起身排在了厕所外的队伍中。我赶紧跟在她身后。她进去上厕所的时候,我也挤进了同一个隔间。她本想阻止我,但我劲儿很大,而且很笃定。我已经努力活了这么久,此时此刻绝不可能放弃。

很快,那个姑娘大喊大叫起来,让我滚出去。我一秒钟也不浪费,用意第绪语说出了厕所里的所有物品。我知道,如果她不是犹太人,绝不会听懂我说的任何一个字。

此时,外面有人听到了动静,求助了一个警察。他敲了敲我们隔间的门,问是怎么回事。那时姑娘已经明白我是犹太人,于是对他表示,一切正常。

接着她以难以置信的表情望着我。"你看着完全就是个基督教女孩啊,"她低声道,"真希望我也这么好运。你认出了我是犹太人,真是个坏兆头。希望别人不会认出来。"

我们在隔间里拥抱,像姐妹,像老朋友,而且任性地彼此哭泣了一会儿。我觉得胸中的大石头仿佛暂时落了地,但也知道除非奇迹发生,不然我很快就又只能靠自己了。没有文件,我就会被逮捕,所谓的"勇敢女孩"即将不复存在。甚至不会有人记得我曾经存在过。我得再努力一点,也不能再浪费时间了,不然等在外面的姑娘们会起疑心的。

我迅速向这位犹太姑娘解释了自己的困境,并表示很清楚很快会迎来注定的命运。我说,我完全理解她无法和我共享文件,因为不可能把那些纸一撕两半;但我希望,比我年长,也因此更为聪慧睿智的她,能给我一些好的建议。

她向我吐露了自己的遭遇，说她来自一个叫作亚努夫的小镇。纳粹摧毁了那里的犹太隔都，所有住户，不分男女老少，全被杀光了。而她拼死逃了出来。她和我一样，也在森林里独自生活了一段时间，之后才决定冒险进行这最后一搏。我们都意识到，到目前为止，两人都是冒险才活下来的，而眼前就是我们要冒的最大风险。之后也不会有其他的冒险机会了。我们要么成功，要么都会很快送命。也许是被他们开枪打死。

但她接下来说的话又让我重燃希望。"我也没有任何文件，"她说，"我会跟他们说，我是皮库尔人，那是亚努夫附近的一个小村子，波兰被占领后，依然有本国士兵在那周围的树林里坚守着。全村人都不愿意背叛那些游击队员，于是德国人在整个村浇了煤油，一把火烧了。我会对警察说，烧村的时候我在亚努夫，全村人都被烧死了，除了我。你也可以这么告诉他们。"

这个故事是如此令人难以置信，但我真心希望那些警官会相信。我得承认自己也是满腹疑虑的，因为被指派到这么高位置的警官，应该不是傻瓜吧。但我别无选择，只能希望奇迹再次降临。

按照目前的故事，我们应该是皮库尔的旧相识，是老朋友，自然该一起进去接受质询和面试。具体的事实她都知道，我应该也不会被单独询问。

里面的情况让我们大吃一惊又松了口气，警官很可怜我们，说会尽量帮我们安排。

突然之间，玛拉赫不知从哪儿冒了出来，和她的消失一样神秘。我又见到了亲爱的猫咪，真是太高兴了，赶紧抚摸着她。大家都觉得我不太正常，竟然要带一只猫去德国，但我不在乎。

第2章 林中避难 103

我回到休息室，看到一个警察正在对其他应征者讲话，告诉他们我俩的不幸遭遇及皮库尔的事情。我惊讶极了，因为还从未见过德国人同情"非德国人"。接着，警察对大家说，我们的一切都被那场大火烧毁了，所以没有行李。他说，其他的小伙子和姑娘肯定能分点衣物给我们，这将非常有利于团结，也能在到德国之后对他们有好处。

"你们可以给她们食物和衣物，但她们的家人已经回不来了。"他对应征者们说。一听这话，我俩都难以自控地哭了起来，因为这话很不幸说中了事实，即便发生地点并不在皮库尔，而是在另一个地狱。

我们欣慰而高兴地看到，应征者们都热切地做出了回应。小伙子们给了我们一些水果，姑娘们则让我们挑一些衣物。一个女孩为我打开一个小箱子，里面有几件贴身衣物。遗憾的是，没人有多余的鞋，甚至连裙子也匀不出来。但我们仍然被这些人的慷慨所感动，也为这好运感激上天。

现在，我终于有人可以分担忧伤痛苦了，想哭的时候也有肩膀可以靠了。在我们的故事里，家里只有我们幸存了下来，所以流泪也没人怀疑。我再也不显得那么奇怪了，因为大家都理解我没有鞋和多余衣物的原因了。新朋友和我就这样自然地融入其他人之中，我们甚至成为大家的重点关注对象。他们都盯着我们看，但这次脸上是关爱的笑容。一时间，我的未来仿佛更安全了些。

我一直不知道那个犹太女孩真名叫什么。她叮嘱我，要对所有送东西的人加倍友好。我们必须装出非常高兴的样子，承诺他们战争结束后会予以回报。我们甚至把所有人的地址都问了一遍。而我们的家都没了，所以也不必把家庭住址给他们。

"我们要显得自信大方，"我说，"不能再是这样一副悲伤的样子了。我们很年轻，年轻人就是会很快忘掉悲惨遭遇的。"

我真希望自己的话是真的。我俩还是非常害怕，但此时此刻必须学会演戏。只有那么一会儿，我们才任由悲伤流露，因为其他人用波兰语唱起了"妈妈，今天我就要离你远去"。

第二天，我们被带到扎莫希奇，这个城镇比比乌戈拉伊更大些，德国人把总部设在那里。他们允许我们"放风"几小时，于是我们就到镇子里去观光。战前我就听说过扎莫希奇，却没想过是在这种情况下来"玩"。阳光明媚，我陶醉在暂时的自由当中。又能身处群体之中，真好；即便其他人都很陌生。

我们经过镇上的街道，一片荒凉，只有几个脸上表情很惊恐的平民百姓。士兵结成小队，在这个破败的小镇上巡逻。这里应该在仅仅一两天前才发生过大屠杀，因为所有犹太人的家门虽然都关着，但似乎还没有被洗劫一空。显然，德国人还没时间搜刮，而波兰人只准在他们之后再去"捡剩饭"。

我无意中听到几个士兵在讨论世界局势，说德军一切顺利。并用德语说"谢天谢地"。这话从他们嘴里说出来简直就是对神明的亵渎。

我紧紧握住新朋友的手，彼此讲述了过去几年来所遭遇和承受的一切。她告诉我，到最后，她生活的那个镇上有些人已经虚弱得无法清楚地思考了。这些人认为德国人的确需要他们去新的地方做很重要的工作，还会给他们双倍的口粮。然而，镇上也有很多聪明人，他们中的大多数都不相信德国人的花言巧语。他

第2章 林中避难 105

们心存疑惑，却别无选择，只能跟着德国人走。

抵抗是不可能的，因为那些年富力强的人早就被杀害了。他们乖乖听话，被带到墓地枪杀，只希望牺牲了自己，家人就能得救。我这位新朋友从头到尾都不相信德国人，她也侥幸在德国人带走亚努夫剩余那些人之前逃了出来。那之后，她好几次与死神擦肩而过。

很快，我们就不得不停止对过去的追述，必须考虑未来了。我们怕会被人认出来，所以分开行动是比较明智的做法。要是待在一起，可能会不知不觉地丧失警觉。而我们必须一直保持警觉，因为稍有不慎，我们就会小命不保。从此以后，我们还是跟其他女孩打成一片比较安全。

我们又去了某个大楼的休息室，一人得到一份午餐，配了淡然无味的汤和一片面包，而饿极了的我们都吃得津津有味。之后，每个姑娘都录了指纹，然后交上先前出示的文件。对方把新的身份证交给应征者，这样就可以前往德国了。

我们是最后被叫进去的。那时候我们已经十分惴惴不安了，害怕最坏的事情会发生。

我的朋友先被叫了进去，幸运的是，他们没有让她出示文件，只登记了名字和地址。她给了一个波兰名字，我立刻绞尽脑汁为自己想个合适的假名字。我想起学校里有个叫斯蒂芬妮·伊夫凯维奇的老朋友，就选了她的名字。我们两人和那些出示了三份有效证明文件的人一样，都拿到了同类的身份证，真叫人开心，也让人松了口气。对其他人来说，这身份证当然宝贵；但对我们来说，却是无价之宝。我们由衷地相信，再也不会出什么岔子了。我难以置信，一遍又一遍地看着自己的身份证。我知道，塔尔诺格鲁德有些犹太女孩，付了很多钱买这样的身份证明，最终却用不上，而我们分文没花。我感觉自己的脸上焕发着快乐的容光，但也为只有自己得到了生存机会而愧疚。

在扎莫希奇短暂停留后，我们被带到了卢布林，与其他许多等待坐火车前往德国的年轻人会合。我四处寻找那位犹太新朋友，突然看到她被一个警察带走了。我大为惊愕，浑身颤抖，意识到在这偌大的城镇里，有人认出了她。我突然害怕很快也会有人认出我。

车站的一个隔间，有个女孩独自坐着。我问能不能和她坐在一起，想着离人群远一点会安全些。她不置可否地耸了耸肩，于是我在她对面坐下了。想想自己的样子，她就算不想离我太近，我也一点不惊讶。有谁见过穿着男式外套，脚上没穿鞋子的女孩呢？总有一天她会把此事作为谈资讲给朋友们听的，这一点我很肯定。我很理解她的做法，要是易地而处，我也会这样做的。我唯一担心的是有同乡突然出现，这样那张身份证就没用了。

我决定躺下小睡一会儿，好让脑子清醒一点，能更清楚地思考。不过，这里太吵了，很多年轻人唱起歌来给自己打气。他们要离开亲朋好友，去未知之地做工，所有人都很难过。而我呢，虽然也一点都不高兴，却获得长久以来都没有的安全感。

过了一会儿，有人通知我们，要分别去一些小房间里报到。我和另一个女孩一起进了一个房间，还友好地交谈了几句。但她很快就离开了。刚才我就注意到房间墙上有一面大镜子，就站起来梳理头发，像以前在塔尔诺格鲁德时那样编成辫子。那个女孩回来了，看我的眼光却变得厌恶，我被弄得很不安。看得出

第2章 林中避难 107

来，她很不喜欢我现在的样子，还是之前那个可怜而无人看顾的村姑更让她满意。她一直盯着我，双眼充满敌意，巨大的恐惧朝我袭来，那种安全感突然消失了。

"你是哪里人？"很快，她开口问道。

我的家庭住址是刚刚编造的，就这样主动告知也不太安全。于是我以非常友好温和的态度问她为什么要问我这个，难道觉得我是她的某个亲戚？

"当然不是。"她情绪激动地否认道。

这下我麻烦大了。玛拉赫突然出现，想要跟我玩儿，假装来抓我，还跑到女孩面前盯着她。

"你想干什么！"女孩大喊大叫起来，还疯狂地挥动着双手，但猫咪就是一动不动。

我故意不往玛拉赫的方向看，装出一副事不关己的样子。那女孩还是盯着我不放，我越来越以为她也是塔尔诺格鲁德人，知道我的真实身份。不过，我很快发现自己想错了，但她接下来说的话叫我不寒而栗。

"你换了个发型之后，"她说，"样子很像犹太女孩。"

说完，她就快步冲出去了，我听到她对一个警官说，房间里有个犹太女孩。幸运的是，那个警官手上事情很多，只是严厉地命令她赶紧回房间，看好自己的财物，因为最近偷窃事件层出不穷。

她别无选择，只能回到房间。我向她投去仇恨的眼神。无可奈何之下，我唱起了歌，想显得自己根本不在乎。她没有和我一起唱。

要是平时，我会问她，是不是因为我的头发特别漂亮，才会觉得我是犹太女孩。但现在，我开口辱骂她，用词很粗鲁，并问她自己是否恰巧是犹太人。一说到这个，她就赶紧收拾东西，匆匆离开了。我的话好像冒犯到了她，或者甚至是把她吓到了。

她一走，我就恢复了之前的发型。接着我自己也走出了房间，和别的女孩待在一起。我又见到刚才告发我的女孩，于是偏要去跟那个警官说话，问是否可以去上厕所。她看到我不怕警察，就没再生事，可能觉得自己犯了个大错。毕竟，还有许多比我更像犹太人的非犹太外邦人。但她那些话也让我警醒，不要再像以前那样梳辫子了，免得再露馅儿。

火车还没来，我越来越不耐烦。我真心认为，越快到德国，我就会越安全。其他人唱歌的时候，我也跟着唱起来。

19. 偶遇佐西亚

1942年11月13日，我们终于离开卢布林，前往德国。火车缓缓开动，我努力放松心情，说服自己所有的麻烦都结束了——至少暂时是这样。我想到兜里揣着珍贵的身份证，甚至放纵自己打了一会儿瞌睡。然而，之前的经验告诉我，不要高兴得太早，那身份证只不过是一张纸。

我本来就睡得浅，又感觉到有人在盯着我，一下子惊醒了。睁开眼睛，我差点被吓呆了。我的正对面坐着佐西亚，以前和我同一个学校。她肯定已经认出了我，因为她要是和谁结了仇，可是绝不会忘记的。其实，我和哥哥还小的时候，就曾被她残忍对待过。

战前几年,我和耶希勒跟着一群年纪比较大的犹太孩子去森林里采集野生蓝莓,我们的妈妈会用这种浆果来酿制白兰地,烘焙美味的蛋糕。密林之中,我们不知不觉地脱离了大部队,两个人都不知道怎么走出去。吃的喝的都在大孩子们那里,我们只有蓝莓可以吃,于是哭喊起"救命"来。

佐西亚在森林里遇到了我们,却拒绝给我们指路,还强迫我们交出手上的蓝莓。我们花了好几个小时采集,当然不肯放手,她就动手要抢,弄得蓝莓全撒在了地上。我们也报复了她,把她那一篮子浆果也给倒空了,她也只能两手空空地回家。耶希勒和我都不知道她为什么要那样做,只是一路哭着回家了。

现在,坏心眼的佐西亚要报复我了。"真喜欢你漂亮的衣服啊,伪装得真不错,"她对我说,"还记得马伊丹的森林吗?那天你和你那破哥哥把我那些漂亮的蓝莓撒了一地。"

我怕得要命,不敢开口争辩其实是她先挑的事,只能默默无言。

"我好冷。"她语气尖锐地说。

"我也很冷。"我回应道。接下来她说的话,叫我脊梁骨发颤。

"把你的毛皮衬里外套给我,不然我就跟警官说你是个犹太人。"她说这话的音量挺大,车厢里的人都听见了。

突然之间,我心中的恐惧完全消失了,全身仿佛拥有了一种新的力量。我明白了佐西亚的目的,心中充满了仇恨。为了穿上我的外套,她竟然想让我去死。她甚至都不是德国人,只是一个被运往德国强制打工的波兰奴隶!

我倒是早就做好了死去的准备，但在那之前必须拼死斗争一番，要让这可怕的女孩也受到惩罚。我决定先装出满不在乎的样子，转移大家对我的注意力。然而，这是不可能的；佐西亚的话让车厢一片骚动，所有的目光都集中在我身上。在这种情况下我要是再满不在乎，就太不自然了。所有的目光中都满含指责，仿佛我是一只贸然离开栖息地的野生动物，而不是一个只希望有机会活下去的热爱和平的女孩。我想好了，如果非要死，我也要拉这个坏心眼儿女孩一起死。我直视着佐西亚的双眼，大声说："你疯了。"

"是有谁说了'犹太人'吗？"一名警卫用流利的波兰语问道，他才反应过来刚才听到的话。

这一定是个波兰人，只是穿了德军军装；要么就是个出生在波兰的德国人。前后两者都没什么区别。他双眼发亮，就像刚有人告诉他中了100万兹罗提的奖，他紧紧抓住我的手，确保我不会逃跑。这人真傻，竟然没想到我当时几乎不可能逃跑。而且我绝对无意逃跑，而是要在死之前和那个女孩斗一场。而且也想好了，我死，也要让她和我一起死。

我以为卫兵会当着所有人的面当场枪毙我，那么佐西亚一定会特别满意。但他没有，这让我百思不得其解。我对他露出最最甜美的微笑，他大吃一惊；我又朝佐西亚啐了一口，再次说她是个疯子。她突然不安起来，也为我的勇敢而惊讶——她先前一定没想到会这样，尤其我还是个犹太女孩。突然之间，我觉得自己就像大力士参孙①，而且真心觉得此时此刻，自己能与全世界

---

① 参孙（Samson），《圣经》中犹太出身的大力士，有着上帝赐予的极大力气，可以徒手击杀雄狮，并与外敌作战。

第2章 林中避难 *111*

抗衡。

我安慰自己，身上好歹还揣着有效身份证呢。只有扎莫希奇的警察知道我是怎么得到这份文件的。这边的警官应该不太可能与扎莫希奇总部联系，打听我的情况。他们有更重要的事情要处理。就看他们是相信佐西亚还是我了。

我站起身来，开始用最脏的话咒骂佐西亚，把脑子里能想到的最侮辱人的词都喊了出来。我狠狠盯着她，突然发现她有着黑头发和黑眼睛，而相比之下，我的发色很浅，以前同学们老是笑我像个白化病人。我觉得佐西亚比我更像犹太人，于是更有勇气了，觉得祈祷都得到了回应。

卫兵紧抓着我不放，一直到了下一站，但倒是没打我。我不懂他为什么不打我，因为我还清楚地记得那些士兵对镇上的人们是多么残忍。我想，可能他觉得我不像犹太人，因为有一头金发，而且还这么无畏。谁见过被抓时还一点都不怕的犹太女孩呢？他一定因此大吃一惊——坏蛋佐西亚肯定也是。

火车到站停下了，卫兵带着我们进了盖世太保的总部。我一脸灿烂的笑容，和里面的军官打招呼，愉快地说着早上好。

我还问这些穿黑色制服的畜生要水喝，当然说的是波兰语。他们拒绝了我的请求，于是我就找了张椅子坐下，朝盖世太保们微笑着。要是有不明就里的人旁观，一定以为我是来参加工作面试而非审讯的。我昂首挺胸，努力表现得非常自信，一点也不像觉得自己随时会没命的样子。我看得出来，他们也不太确定我是不是犹太人。他们交头接耳，脸上充满怀疑。我更有信心了。

一个士兵用德语问我："姑娘，你叫什么名字？"

我没有回答，只是继续朝所有人微笑，假装听不懂这个德语问题。

火车上那个卫兵坐在我旁边的椅子上，问我要怎么回应佐西亚的指控。我没有表现出丝毫的担忧，同时鼓足全身的勇气，觉得这应该是最后一搏了。

我朝佐西亚投去仇恨的目光。"她一定是疯了，"我抗辩道，"不然就是她自己是犹太人。火车上，她跟我说，要是不把外套给她，就会跟你说我是个犹太人。"

问话的人转身看着告密的佐西亚，脸色不大好看。我自然立刻就想到了，真是幸运啊，佐西亚没有跟他们说她原本就认识我。

"她说的是真的吗？"卫兵问佐西亚。

她脸色变得很苍白，突然吓得说不出话来，甚至后悔自己挑了事。当然，她没法回头了。她根本没想过会有这样一场审问，肯定以为只要她说我是犹太人，他们就会把我一枪打死，这样她就能拿到我的外套，也为以前那些"漂亮的蓝莓"报仇了。

此时此刻，我双眼燃烧着仇恨的怒火，毫不动摇地怒视着佐西亚。看得出来，她心中的恐惧每时每刻都在加重。我已经做好了最坏的打算，她却连想都没想过。她什么都有，我却是光脚的不怕穿鞋的。她没有我的勇气——苦难的经历教会我的勇气。我的优势越发明显。

盖世太保审讯室的气氛非常紧张，每个人都盯着我和佐西亚。我显得很放松，而佐西亚却一直很紧张。德国人互相交谈，暂时没理会我们。我当然还是很恐惧的，不知道接下来会怎么样，怕他们很快会对我宣判死刑。然而，事情却没有进展这么快。

审讯的士兵问我，会不会背基督教孩子在上课前必须背诵的祷文。这个我很熟,之前犹太学生已经习惯默默站在一旁,听别人背祷文。我记性很好,就逐字逐句地复述给士兵听。他们提出了各种关于天主教的问题,我都回答了,他们显得很满意。

当然,他们并不会就此罢休,但审讯时间越长,我就越觉得有希望。他们像是在犹豫不决,这对我很有利。反正我有很多时间。他们都进了另一个房间,开了个小会,回来的时候,他们要我唱几首歌,其中包括波兰国歌。

我开口唱道:"只要我们一息尚存,波兰绝不灭亡。"接着又提醒刚才发问的士兵,波兰其实已经灭亡了。

他把我这话翻译过去,德国军官们好像很受用,都哈哈大笑起来,而我则适时露出沮丧而狼狈的表情。

"我的国家已经灭亡了,我那些参军的表亲也死去了。"我又补充道,对他们夺走了我的祖国显露出恼怒的神情。

他们看上去好像很欣赏我——这个波兰姑娘真勇敢,敢怒敢言,在盖世太保面前也直言不讳。

整个审讯过程中,我都能听到别处传来的声音,有人正遭受着军犬的撕咬,我的心也为他们颤动。他们痛苦的尖叫让我更加下定决心,绝不让自己遭受同样的命运。我必须把自己从眼前的困境中解救出来,于是开始咒骂佐西亚。

我对她怒言相向。"我听说了,德国很冷,我这暖和的外套可不能给你,现在不给,去了德国也不会给。你这个坏心眼儿的疯女人!我希望你永远也到不了德国,希望他们扔你去喂狗。"

像野兽一样折磨别人的盖世太保们开始指责佐西亚,说她是犹太人。我松了口气。看得出来,她很后悔出卖我,但已经太晚了。她说出的那些话可谓覆水难收。

举棋不定的盖世太保把我们带到隔壁的房间,他们的指挥官正舒舒服服地坐在那里。这个军官看起来就是头肥胖的畜生,他上下打量了我一番,因为喝醉了,不能确定我是不是犹太人。我知道,这是好兆头。我对他露出天真无辜的微笑。然而,他突然就宣布要处死我,说即便搞错了,我并非犹太人,那也不过就是少了只波兰虫子罢了。

"马上带她去喂狗!"他说。

我必须迅速思考,免得为时已晚。

我傲然而无畏地站起身来,我知道,他们认为,如果我真的是波兰人而非犹太人,那就应该听不懂刚才的话。为了让他们加倍相信我,我对那个说波兰语的卫兵抱怨说,我很饿很渴,问他什么时候能给我点东西吃。

"你在这儿什么也吃不到。"他用很不友好的语气说道。

"你们要饿死我吗?"我问他,还凄惨地哭了起来。

波兰语卫兵将我说的话翻译给其他人听。他们开始取笑我。"带她去喂狗!"那个指挥官又用德语重复道。

但没人动我。出于某种原因,他们没有上前。

"你们还在等什么?"指挥官问道。

我不要再等了,因为一分钟也等不了了。我仍然假装听不懂德语,因为意第绪语和德语很相似,可能会暴露我的身份。我径直朝佐西亚走去,用那脏兮兮的长指甲拼命抓她的脸,直抓得血从她脸颊滴到她干净漂亮的衣服上。

"这是我的外套,我需要它。你胆敢妄想从我手中夺走,我要杀了你,你这个自私的女孩!"我尖叫道。

我胸中满怀着真实的仇恨,说不定真能杀了她。

"别打了！"指挥官吼道，接着转向那个带我进来的士兵，严厉地责备他，"我以为你很确定她是犹太人。我说的话她一个字都听不懂。不要再来打扰我，别再浪费我的时间了。"他往杯子里倒了些威士忌，很快地喝光了，感觉每喝一口，就更醉一些。这种情况对我太有利了。他的脑子不清楚，而我的思维却越来越清晰。我毫无畏惧地一直盯着他，而他则以难以置信的表情打量着我。

我坐下来了，接着又在未经允许的情况下站了起来。我鼓起全身的勇气，走到他面前，表示想喝他瓶子里的水，但他伸手把我推开了。我露出一个非常灿烂的笑容，然后坐了下来，重复刚才的要求，表示想喝水。当然，我没喝上。他一个波兰词儿都听不懂。

他显然是暴怒了，大吼大叫起来。"她比那个告发她的女孩还不像犹太人。"卫兵一脸害怕，忙不迭地为浪费了他的时间而道歉。

"马上放她走！"指挥官说，"审问另一个。"他转身看着佐西亚，不久之前，她还在为自己告了密而感到光荣。"我看她倒是很像犹太人。"他重复道。

然后他又对我吼道："滚出去！"

我倒是想拔腿就跑，但还是假装没听懂他的话。我就那样继续看着他喝酒，让他越来越生气，叫卫兵把我带回车站，以后别再浪费他时间了。

我默默松了口气，和另一个军官一起离开了盖世太保的总部。他带我去车站等下一班火车。

佐西亚再也没能回来，我完全能想象她的遭遇。

第3章　在敌人的国度

20. 化名斯蒂芬妮

审问弄得我筋疲力尽，我坐在长凳上休息，实在太需要歇歇了。"别了，玛拉·索雷尔，"我对自己说，"现在我是斯蒂芬妮·伊夫凯维奇了。"这和玛丽西亚一样，都是个不错的基督徒名字。不过，我突然想到，"伊夫凯维奇"是个乌克兰姓氏，我却说自己是波兰人。希望德国人不会发现这个错误。也不知道佐西亚是不是被杀了，她是罪有应得，但我却高兴不起来。危险已经过去，我恢复了本性，只觉得那愚蠢的女孩有些可怜。

车站的每个人都惊讶地盯着我，因为我是在一名德国军官的陪同下进来的。虽然他们一看就很好奇，却很怕开口问我。不过，还是有个女孩走到我身边，表示愿意分享她的三明治。

"谢谢你，但我自己也有。"我对她说。

"你为什么和那个军官一起进来？"她突然直截了当地问道。

"这是我和他的秘密。"我说。

她好奇地看着我，但没再问什么。我挤出一个淡淡的微笑，尽管让她猜去吧。

我又在另一个女孩身边坐下，她也很好奇。

"我告诉你吧，你可别跟别人说啊，"我说，"我刚才想逃回家来着。"

"你可真傻啊！"她说，"你做不到的。"

"是做不到，"我表示同意，"我是很傻。但我不想离开我的祖国去一个陌生的地方。我觉得他们会对我们很糟糕，甚至让我们挨饿。"

"我们只能一起忍受，"她安慰我，"你别再逃啦。"

"不会了。"我向她保证。

接着她把我逃跑未遂的事情告诉了大家，还补充说我的鞋子就是在逃跑过程中跑丢的。她把这件事广而告之，对我倒是挺好的。

我们在严寒中等待火车到来。上了车也暖和不了多少，因为那不是正儿八经的火车，而是没有暖气的运牲口的货车。我坐在坚硬的地板上，用那件长外套盖住双脚，希望能暖和一点，并努力放松。想着新的身份证，我觉得很安全，渐渐打起了瞌睡。

醒来时，我发现一个男孩正向我走来。他也想要我的外套吗？我很清楚，任何正常的小伙是不可能跟我这样穿着奇特的女孩搭话的。而他似乎没注意我奇怪的打扮，径直走了过来。他自称是医生的儿子，发现我的拇指受伤了。（和佐西亚撕打时，我的拇指被弄破了）他说需要立即处理，不然会恶化成败血症。

"来，涂上，"他递给我一点抗菌锌软膏，"这是怎么了？"

"我逃跑的时候跌倒了。"我撒了谎。

"这我倒不吃惊，你穿了这么长的一件外套，还有这么大的一双袜子。你就没有自己的衣物吗？"

"我继母不许我带任何属于自己的东西上路，"我解释道，"她讨厌我，因为我告诉父亲，她不如我的亲生母亲好。"

"你离开的时候，你爸爸在哪儿呢？"

"他在喂马呢，"我继续撒谎，"再婚以后，他爱那些马就胜过我了。"

"好吧，那就只能我来照顾你了。"男孩满怀善意地说。但我清楚，我比任何人都能更好地照顾自己。我希望不要和他分到同一个城镇，事实也的确如我所愿。

坐我正对面的一个女孩听到了我们的谈话，尽力安慰我。"你的人生还长着呢，"她说，"等你从德国回来，就已经长大了，可以保护自己了。说不定还会遇到一个好男孩，和他结婚。"

女孩又给了我一条绷带，还有一个黄油面包三明治。她给予的食物、慷慨和温暖都让我为之一振，备感安慰。遭遇了这么多之后，我迫切需要有人给我打气。而她的话是如此饱含同情。

"你刚才说，你叫？"她问道，"你该不会是塔尔诺格鲁德人吧？我有个远房亲戚也叫这个名字，她就住在那儿。"

我心跳都漏了一拍。"不是的，"我说，"我不是塔尔诺格鲁德人，从来没去过那里。我是皮库尔人，在亚努夫附近。那个斯蒂芬妮姓什么呢？"

"说实话，我不记得了，"她回答，"我们没怎么联系。我家住在武库瓦。"听到她家在武库瓦，我挺担心的，因为如果驾马车从那个小镇出发，只需要两小时就可以到塔尔诺格鲁德。听到她没有和亲戚保持联系，我高兴极了，真是又一次侥幸地逃过了一劫。于是我特地做了一次感恩祷告。

我闭上眼睛，免得又要聊下去。女孩去找其他人搭话了。我必须得想个办法，不要再遇到她。我决定到另一节车厢去，另外找个人聊天。我仍然担心会被人叫到真名，也担心会和那个女孩被分配到同一个镇子。她也许会记起来亲戚姓"伊夫凯维奇"。

远远地,我看到一个女孩独自坐着,于是坐到了她身边。她看起来挺友善的,自我介绍说叫玛丽西亚。

"我真希望座位能舒服一点啊,"我在她身边坐下时,她说道,"我好累啊。"

"我也是,"我对她说,"但现在在打仗,我们都得承担一点苦难。等到了德国之后,他们可能会让我们休息一下吧。"

"真希望能早点到啊,我快冻僵了。"她说。

"要是有衣服我就给你了,但我自己也只多一件毛衣,"我对她说,然后理了一下长外套,让下摆盖着她的脚,"来,这样可能会好点。"

理衣服的时候,我的外套敞开了,她看到了我穿在里面的睡衣。

"你怎么穿着睡衣啊?"她问道。

"只是看起来像睡衣,"我说,"其实是一条可笑的裙子,继母给我做的。"

"我继母人很好,我爱她。"她说。

我们产生了很多共鸣,有很多共同语言。我需要同伴,我可以对她倾诉心声,即便只是抱怨我那位"邪恶继母"。

大部分时候,我都让玛丽西亚说话,她滔滔不绝。看样子她不算很聪明,我希望能和她分配到同一个镇子,这样就能成为朋友。我明白,周围的人越聪明,他们就越容易注意到我的不同。要是我被迫去了教堂,是不知道怎么唱他们的赞美诗的。不过,玛丽西亚比我知道得还少;只要有她在身边做比较,我的无

第3章 在敌人的国度 *121*

知就不会那么显眼了。

我知道,还是得准备一些别的衣服,这样未来的雇主才不会怀疑。"你能帮我个忙吗?"我问玛丽西亚,"问问别人有没有多余的衣服能匀出来。我俩一起穿吧。"

玛丽西亚很听我的话,她站起来,找了几个女孩。几分钟后,她带着几件毛衣和三条半身裙回来了。我这是又交好运了。现在我既有了衣服,又有了个好朋友。玛丽西亚一定是哈希姆送到我身边的,她真是个好女孩,我真心喜欢她。

车上的新警官一路上都没来找碴。他也许会说我们的语言,但他是个德国人,不会为几个"波兰虫子"多事。我想着,要是父母能看到眼前这一幕就好了。他们会很自豪的,之前教我的那些语言课正帮助我活下来。

"你挺文静的,"玛丽西亚说,"你不想跟我聊天吗?"

"这个嘛,"我说,"你说吧,我听着就好。"

她说话的时候,我眼前浮现出家人们的样子,全身燃烧着回到塔尔诺格鲁德的强烈渴望。我想象他们站在门口,招手让我进去。我会告诉他们我这个十几岁的孩子都做成了些什么大事,我知道,他们会满含欣赏与爱,对我微笑。

一段回忆突然不由自主地闪现在脑海中。我想起有一次,母亲让我带妹妹们出去玩,我没照做,而是说我要去朋友家背诗。现在,在这列火车上,看着满车厢神情忧伤的年轻人与面无表情的警官,我请求家人的原谅,以前所未有的心情向他们告别。"所有家人哪,请原谅我,原谅我做错的一切,"我悄然道,"你们是任何人都梦寐以求的最好的家人。谢谢你,亲爱的妈妈,谢谢你在我年幼的时候照顾我,谢谢你为我做的热腾腾的饭菜。谢谢你为我缝制美丽的衣裙。我还曾经抱怨过它们，我真是太傻了。你已经尽力了，亲爱的妈妈。晚上你熬夜为我和姐妹们缝制衣服。我永远不会忘记你，因为我已经知道了，你就是全世界最好的母亲。我现在是多么想念你啊，要是你能看到就好了。"

"亲爱的爸爸，到现在我才明白，你以前是如何冒着生命危险，到周围的村庄去为我们谋生的。每天早上，你都早早出发，晚上却很晚才回家。冬天的时候，甚至连胡子都冻得结结实实。那时我太小了，太傻了，不懂得感恩和珍惜。亲爱的爸爸，我想对你说，谢谢你。你是全世界最最好的父亲。

"谢谢你，最亲爱的巴拉，感谢你在我小时候那样照顾我。谢谢你从华沙给我寄来那些漂亮的衣裙。我写的信你总是会回。从你的信和寄来的杂志中，我了解了那个大城市，几乎已经知道华沙是什么样子。

"对不起，耶希勒，我为我们所有的争吵道歉。那时候我只是个孩子，但现在已经长大了。如果你在这儿就好了，我一定什么都顺着你。我永远不会只想着自己了。

"我是多么想念你们啊，可爱的埃丝特、克雷塞莱和叙雷莱，我的小妹妹们。愿哈希姆让你们所有人安息。我会永远爱你们，只要我活在世上一天，就会永远将你们镌刻在我的记忆中。"

不一会儿，火车停了下来，我的沉思就这样结束了。火车到达了德绍[①]城，他们给我们发了些点心。车站里挤满了互相交

[①] 德国东部城市。位于穆尔德河与易北河汇合处，莱比锡以北56公里。——编者注

谈的德国平民和士兵。他们根本不屑于和我们说话,因为我们都是波兰奴隶。就算他们说了,也没人听得懂。是的,没人听得懂,除了我。我几乎能听懂他们说的每一句话,但我绝对不会显露出来,只是和所有人一样保持安静。

命令来了,我们要脱光衣服,站在一些纳粹面前。我拼命想用围巾遮盖自己,结果围巾也被无情拽走了。他们窃笑着,窥视着,我和其他人都觉得无比屈辱。大家都是一副万念俱灰的样子。过了一会儿,他们叫我们把衣服穿上,上火车往下一个目的地去了。

玛丽西亚拉着我的胳膊,说她不确定那陌生的国度有什么等着我们,我们一定要待在一起。"我们怎么对雇主说话呢?"她问道,"我一句德语都不懂,你呢?"

"不懂,一个字儿也不懂,"我说,"但我很乐意做你的朋友。真希望我们被分配到同一区。但你年纪比我大些,可能饭做得很好。你很可能被分到一个富贵人家。我就只能做清洁了。"

"要是他们把我们分到同一家,我就教你做饭。"玛丽西亚说。

"这由不得我们,"我提醒她,"等着看吧。"其实我并不是很想做非犹太洁食的饭菜,尤其不想为德国人做饭。我可不想喂饱他们。

火车抵达德累斯顿[①],我们被带到检疫大楼,在那里进行了消毒,又继续前往萨克森州莱比锡附近的一个小镇。我们下了

---

① 德国萨克森州首府,德国东部仅次于首都柏林的第二大城市。——编者注

车，被带到了劳务介绍所。纳粹随意地将我们分成一些小组，我的小组被分配到一家巧克力工厂。小组里有很多人，我担心会遇到认识我的人而被出卖。而且，我知道自己有必要离开那个小组，因为里面有大多数人都曾目睹过我和盖世太保在一起。他们中的任何一个人都可能透露这一点，而德国人最终会产生怀疑。因此，我们被带着穿过小镇的街道时，我记住了路线，并在几分钟后，悄悄离开了那群人。

我原路返回，神不知鬼不觉地溜进了劳务介绍所。新来的这群人数量比我逃离的那个小组还多。我又受到了惊吓，但马上小心翼翼地穿过人群，努力表现得无所谓。

我去了厕所，在那里待了很久，直到什么声响都听不见。出来的时候，整个大厅只剩下两个军官、玛拉赫，还有我。

"我们刚才怎么没看到你？"一个军官突然问道。

我假装听不懂他的问题，又听到他对同伴说，把我扣在这儿没有意义。他说我这样的女孩子倒是有人用得上。

他拿起电话，我听到他对那头的人说话。

"佩尔穆特先生？你说旅社需要一个擦洗清洁的女孩。我们这边有个很傻的、样子很奇怪的女孩。你要是愿意自己过来看看，欢迎你带她走。"他顿了顿，接着说，"我先提醒你，感觉她也只能做擦洗的事情。"

我希望佩尔穆特先生是个善良友好的人。我其实并不在意自己要做什么工作，只要做工能换来吃的喝的和一张软床，我就满意了。我渴望能有个住处，即便只是擦地也不要紧。以前在家的时候，我也是做家务的一把好手，我甚至挺喜欢做家务的。我会让他们吃惊的，一个看着很粗野邋遢的女孩，竟然这么会

第3章　在敌人的国度　*125*

打扫。

我忧心忡忡地胡思乱想,把自己搞得筋疲力尽。我坐在那里等待着未来的老板,希望他别像波兰的年轻士兵那样残忍。没过多久,一个很胖的先生到了。他满脸惊讶地看着我这一身奇怪的打扮,说:"嗯,她干擦洗是够了。"说完就示意我跟他走。

我们步行去他那里,这一路感觉好长,因为我脚上还是只穿着袜子,天上又下起了雨夹雪。到了门口,佩尔穆特先生示意我等一下。他叫人带了木屐出来,让我在进入旅社前穿上。我穿上木屐,感觉很开心,因为脚上终于又有了鞋子,即便尺寸过大。这木屐甚至不适合外出,但比只穿袜子还是要好多了。我看起来也没那么可笑了。

最终,我被叫到了厨房,那里很大,也非常整洁。我等了好几分钟,胖乎乎的佩尔穆特夫人出现了。我仔细地打量了她一番,她看起来和蔼可亲,真是令人高兴。她面对这个波兰姑娘时,眼中没有厌恶和恨意,而是充满了对这个奇怪年轻女孩的同情。我觉得有点难堪,衷心希望她不要觉得我是自愿穿成这样的。

佩尔穆特夫人连比带画地告诉我,她这里既是旅社,也是餐馆,又示意我跟着她进入地下杂物间,清洗用的东西就放在里面。不出所料,我的主要任务就是做清洁。我开心地意识到,这都不需要用语言来解释。

我在那里待了几天,佩尔穆特夫人也想办法准确表达了我要承担的职责。她惊讶地发现,虽然无法用语言交流,我却不知不觉履行了所有职责,让她非常满意。到那时我才明白,并非所有德国人都仇恨和他们不同类的种族,眼前就有一位女士,似乎从一开始就很喜欢我。这一点我倒不惊讶,因为我干起活儿来,一人能抵旅社里两个德国女孩,而她们完全对我不理不睬。

我不怕脏活累活,因为从小就习惯了。我很感激终于有工可做了,这是我在森林里就一直渴望的事情。我细数种种福气,觉得自己的确特别幸运。我的祈祷都很快得到了回应。

眼下,唯一的问题是我要尽快适应给自己取的新名字,并假装不懂德语。当然,我的德语其实很好。后来,所谓的"语言问题"还引发了一些有趣的事情。比如有一次,佩尔穆特夫妇叫我给他们拿一个篮子(korb),我知道她是想装一些面包上桌,但我故意向厨师要了个软木塞(kork)。不过,佩尔穆特夫人很有耐心。

她也是个非常善良的人,不久就问邻居们能不能给我一些多余的衣服。她还为我买了些内衣和一双特别需要的鞋子。佩尔穆特夫人还说:"圣诞老人会带来你需要的其他东西。"这令我对她万分感激。

我透露说,自己多少能听懂她说的一些话。我很想说我懂他们的语言,我们其实没有他们想象的那样愚蠢,要抑制这种冲动对我来说太难了。我觉得她不会起疑心,因为我很可能在波兰被占后稍微学会了一点德语。不过,佩尔穆特夫人还是表示很吃惊,所以我还是得小心为上。

圣诞前夜,佩尔穆特夫妇带我去了教堂,这也是我唯一一次和他们一起去教堂。他们送我很多衣物做圣诞礼物,有些是新的,有些是他们的朋友捐赠的。我看得出来,佩尔穆特夫妇很希望我能穿着体面。两人还给了我其他的礼物,以及一张圣诞卡,这个举动让我很惊讶,没想到德国人也能这么善良友好。他们显然没有把我当作"波兰虫子"。他们应该非常理解我年纪轻轻就流离失所的感受,尤其在这万家团圆庆祝圣诞的日子。

工人们就没有佩尔穆特夫妇这么友好了,甚至没人愿意对我笑一下。因为我不会他们的语言,他们对我的态度就特别傲慢,充满优越感,有时候还对我卑劣又刻薄。比如他们不允许我和他们同桌吃饭,而是强迫我和智力不正常的男孩曼弗雷德一起吃饭。这个男孩没有能力做其他事情,所以只负责清洗餐具。我和其他人一起被安排在阁楼的女佣宿舍,自己有一个小房间,但她们尽管和我住得很近,却根本不屑于理我。其实这样倒好,不然我可能会冲动之下就告诉她们我会德语。那她们可能从一开始就会怀疑,而不会在之后才显露出来。因此,他们不理我,我也不太在乎。然而,感到孤独的时候,我还是希望得到哪怕一个淡淡的微笑。

我的房间很简陋,我却立刻爱上了它。不过就是个小隔间,石头地板冷冰冰的,对我来说却像一座宫殿。最初的几个星期,我都睡得很好。

然而,一天晚上,我却被警笛声惊醒了。德国上空出现了外国飞机。但半睡半醒之下,我却以为自己还在塔尔诺格鲁德,于是立刻跳下床,抓起毛皮里衬的外套,冲到楼下的餐厅。里面都是士兵,正在波澜不惊地吃吃喝喝。不假思索之下,我用意第绪语问道:"出什么事儿了?"没人听懂我的话,但佩尔穆特先生跑过来,把我推了出去,一边吼道:"你个蠢猪!给我滚出去!"

我目瞪口呆地回到自己的房间。那时我已经完全清醒了,意识到刚才肯定在那些客人面前丢了佩尔穆特先生的脸。真庆幸没人注意到我说的是意第绪语。他们显然没有听过这种语言，应该认为我说的是纯正的波兰语。我实在太幸运了，希望不会有人把我的话转述给更懂的人听，也不要有人把我上报给当局。

我假装基督教女孩是很容易的，但吃那些非犹太洁食的东西，就不太容易了。我请求哈希姆给予指引。最初，我还尽可能地遵守犹太教的洁食规则，只吃乳制品，肉和硬干酪都留在盘子里。那时我还没意识到这种行为可能带来的后果。其他工人好像对我的饮食习惯很惊讶，相互之间议论纷纷，但我没太在意。

一天晚上睡觉前，我清洗了黑白围裙和袜子。和往常一样，筋疲力尽的我沾床就睡着了。突然间，母亲打开了我的门，楼道里灯火通明，我能清楚地看到我闩门前挂在晾衣绳上的所有衣物。母亲走到我的床前说：“亲爱的孩子，他们正在楼下议论你，说你的饮食习惯很奇怪。要是不把他们给的所有东西都吃掉，你就活不下去了。”

虽然还在睡梦中，我也记得母亲已经不在人世了。我突然浑身颤抖，惊醒过来，去试了下门，和睡觉之前一样，闩得牢牢的。检查的时候动静有点大，佩尔穆特先生都闻声过来询问了。我不想被他发现我懂德语，所以没有回应。我继续回去睡觉，但到第二天早上，依然清晰记得母亲梦中的叮嘱。真是不敢相信妈妈竟托梦来警告我。即便已经死去，她还是在冥冥中帮助我，保佑我。

第3章　在敌人的国度　*129*

21. "家信"

做完那个梦不久,我就听到工人们在议论我。他们说,这么个年轻姑娘,父母竟然没给她写过信,真是奇怪,尤其是她还离家这么远。有个女孩猜测我是从什么地方逃出来的。

"可能就是因为这个,她才那么卖力地干活儿。"她说。"这样佩尔穆特夫妇就挑不出她的错。如果她真像自己说的,是个天主教徒,那为什么从来不做祷告,也不戴诵经念珠①?还有,只要有高级军官来住店,她就显得很害怕,这又是为什么呢?"他们都表示疑问。

我决心,今后要更加小心谨慎,而且不要表现得那么战战兢兢。等佩尔穆特夫人再来我的房间,我拿起床上那条黑毯子,表示并不喜欢,晚上很冷,我想要一条羽绒被。

"感觉她用惯了更好的东西。"站在妻子身边的佩尔穆特先生说。

那天晚上,我就发现那条毯子不见了,取而代之的是一条羽绒被。

我开始融入他们,一言一行都显得和他们一样。虽然没以前那么听话了,但我仍然是个好帮工。行动的第二步,是对剩菜表现得很不高兴,从那以后,我的盘子里就都是新鲜食物了。计划进行得很顺利,他们甚至逐渐尊重起我来。

还有信的事情需要解决。如果我要让工友们相信,他们的

---

① 很多基督教信徒随身携带念珠,用来诵念《玫瑰经》,称颂圣母。

怀疑根本就毫无根据,就得想个办法,让"家里"给我寄点信来。我躺在床上睡不着,为眼前的困境忧心忡忡。突然,我想起一个波兰家庭,我对他们的住址了如指掌。那家的母亲名字恰巧也叫斯蒂芬妮,因为是波兰知识分子,所以被带去了奥斯威辛集中营。我打算写信给那家人,让那家可怜的父亲认为我就是他的妻子。

伤害无辜的人绝不是我的本性,所以我深思熟虑了一阵子,给他们虚假的希望是对还是错。然而,这决定了我能不能保命,于是我决定执行计划。我没再多犹豫,铺开信纸下了笔:

亲爱的马西艾克:

你可能在想,为什么我的笔迹和你所熟悉的笔迹不一样。因为在去德国的火车上,我的右手拇指受伤了。所以,现在我只能用左手写字了。也请原谅我的措辞风格不佳,我因为受伤而大受震惊,身体虚弱,还没恢复过来。

请别为我担心,亲爱的,因为现在伤口已经愈合得相当不错了。我挂念着你们所有人,希望你们都还好。我多么渴望能见到你们啊,但我怀疑只要战争一直持续,我们就不可能团聚。我真诚地相信,家里的每个人都很好,大家都吃得饱,穿得暖。孩子们在学校表现如何?我在一家旅社当女佣,已经成为铺床、打扫和洗碗的专家。每天,旅社都会有大约三百人(主要是士兵)来吃晚饭。我是唯一的洗碗工。我很自豪,因为看得出来,佩尔穆特夫妇对我很满意。这份工作挺适合我的。我吃得很好,所以越来越胖。喝下浓稠的豌豆汤,我几乎都不想吃肉了。而且你也知道,我本来就不

第3章 在敌人的国度 *131*

太喜欢吃肉。希望家里的所有人都能常常给我来信，因为我在这里很孤独。

爱你的斯蒂芬妮

寄信之前，我犹豫了一下，想着自己怎么变成了这样。我本来是个多么诚实的女孩啊。现在，我正准备欺骗一家人！我自我安慰说，其实我从来没有白纸黑字地说过我就是马西艾克的妻子。

没过多久，我就收到了"家人"的第一封回信。这封信，还有后来的所有信件，字里行间都充满了尽快团聚的强烈渴望。孩子们一定很高兴母亲还活着，也开始写信了。他们写得很谨慎，从没问过我是怎么逃脱的。我猜测，他们把"妈妈"的逃脱当作一个秘密，没有对任何朋友说过，就怕她被出卖，再次被捕。每当给那家人写信时，我的心中都充满了恐惧，但我再想不出别的办法了。尽管给这个不幸的家庭带去了虚假的希望，我却因此保了命。正因如此，撒谎也值了。但我也向哈希姆祈祷，希望他原谅我的罪过。

我很爱写信，于是经常写，也总是能很快收到回信。有那么一段时间，信件来来往往，已经成了惯例，直到那注定多事的一天，事情完全砸了锅。故事是这样的：

旅社的帮工中，有对德国的两姐妹。她们出生在波兰但泽，但却很奇怪地只懂少数几个波兰语单词。一天，我正读着"新女儿"写来的信，两姐妹中的姐姐夏洛特看到了开头的那一行："最亲爱的妈妈"。

"这是什么鬼话，斯蒂芬妮？"她咋咋呼呼地喊起来，

"你这个年纪，怎么可能就当妈了？"

我控制住内心的恐惧，用尽量强硬粗鲁的方式对她说，她无权看我的信。我还说，她看错了，写的不是"妈妈"，而是"玛尼"，"仆人"的意思。波兰语中"仆人"的单词其实是"służąca"，但我笃定她不知道。接着我跑到楼上，对她侵犯我隐私的行为表现出极其生气的样子。我狠狠摔上房间的门，又牢牢地闩上。把那封信撕得碎碎的，又把碎片和其他信都藏在楼板下面，怕有人会趁我不在来我房间翻找，发现那些信。

等到再冒险外出的时候，我把所有的证据都扔进了离旅社很远的一个公共垃圾桶里。也没别的办法了，只希望那家人不要再给我写信。我的祈祷得到了回应。因为没有再收到我的信，那位"丈夫"一定以为妻子要么换了个身份，要么已经被捕，所以再给她写信就不安全了。这正合我意。而夏洛特也没再提之前那封信。

那次事件之后，我总是一个人去收所有的信件，免得又有信寄给我。好运依旧，我的"孩子们"再也没有写信来。不过，我知道，必须还得有波兰来信寄给我，这对我活下去至关重要。我度过了很多不眠之夜，思考着下一步的行动，想着如何才能不引起进一步的怀疑。

一天晚上，我无法入睡，脑海里突然灵光一闪，于是制订了一个新的计划，希望能比上一个更顺利。这次，我不得不冒险寻求帮助了。

我很幸运，和镇上的几个波兰帮工交上了朋友。让他们喜欢我很容易，只要我不像其他人一样跟女孩子们抢男朋友，也不要跟他们吵架就行。其中有几个是文盲，所以我会帮他们给家里写信。

礼拜天我们会在公园里聚会,这渐渐成了习惯。我们可以心安理得地围坐在一起,抱怨各自的雇主,因为德国人不会去那个公园。他们可不愿意跟"劣等"种族混在一起。这正合我们的意。这个公园只属于我们,感觉就像回到了波兰。

再度和波兰朋友们相会在公园时,我就开始执行计划了。我成功让他们相信,我长大了会成为作家,那时我会告诉全世界,我们在德国遭受了多么痛苦的经历。我会在书中写满各种细节,讲述与家人分离的种种悲剧。我告诉他们,我要让全世界知道我们的故事。等到波兰解放时,他们都会出名。

我描绘了这一番名利与自由的幻想,叫他们向往不已,唱起了波兰国歌。我马上跟着唱起来,声音洪亮,还拍起了手:"只要我们一息尚存,波兰绝不灭亡。"每个人都朝我微笑,我也回以微笑。这微笑相当真诚。这是一群很可爱的男孩女孩。

"我们被迫与父母分别,不是自愿的,"我对朋友们说,"为了好好记录我们承受的痛苦,我必须练习写作。毕竟,我只是个被迫中断教育的年轻女孩。我自己的家人也不擅长写信。你们能不能给我亲朋好友的地址,这样我就能给他们写信了。我需要勤加练习。"

漫长的沉默后,我听到很多窃窃私语。接着,有些人开口嘲笑我,说他们总有一天也会写书。我想着计划要泡汤了,一个名叫尤雷克的男孩突然大声说:"她是年纪最小的,为什么要她来写呢?还是年纪更大、更成熟的人自告奋勇吧,这样我们都会同意。"

看来他们已经把我的提议当回事儿了!

我们等了一会儿，再没有旁人主动说会写书，于是他们还是把这个任务交给了我。那时候我其实没有写书的打算，只是希望能拿到很多人的地址，就算那意味着欺骗朋友们。"你确定不是在为德国人工作吧？"一位朋友突然怀疑地问我。

"你好像比我们都懂德语，这是怎么回事呢？"另一个人问道。

"我不懂，"我撒谎了，"只是假装懂。我很会装模作样的！"说着我开心地笑起来。

"放手去写吧，亲爱的斯蒂芬妮。"一位名叫雅尼娜的女孩说，"总有一天我们都会买你的书来看。"

一个星期后，我搜集到了许多波兰、德国和奥地利的地址，因为有些朋友的朋友也被迫在后面两个地方打工。我带着这些地址回到旅社，感觉自己像个很富有的人。它们十分珍贵，因为是我保命的关键。辛苦工作一天之后，我关起门来在房间写信，纸簿就摊在膝头。所有的信件都措辞谨慎，不敢透露太多信息，只说我没有收到家人的信件，因此非常孤独，需要与别人通信。

过了相当长的一段时间，我才收到回信。所以每当有信来，看到没有我的，我就得装出歇斯底里的伤心样子。有一次，我甚至推开早餐，假惺惺地痛哭流涕。佩尔穆特夫人啧啧两声，说："她家肯定发生了什么可怕的事情。说不定是有家人去世了。"

盼星星盼月亮，我终于盼来了一封回信，写信人叫"玛丽拉·科贝拉兹"，一个在维也纳工作的女孩。她在信中写到，她的姐姐佐西亚·弗拉默尔在德国马格德堡工作，如果愿意，我

第3章 在敌人的国度 135

也可以和佐西亚通信。这两姐妹的姓氏不同,我感到有点困惑,想了很久,我觉得她们应该也和我一样,是犹太人,各自改了名字,只为了活下去。之后我就给佐西亚写信了,不久就收到了她的回信,信中说她和妹妹玛丽拉是皮兹尼卡人。

看到这里我惊呆了。皮兹尼卡镇在尼斯科附近,我的祖母之前就住在那里。我回信告诉佐西亚,我的祖母嫁给了一个叫M. B.(摩西·布兰德)的男人,他们也住在皮兹尼卡。接着又写到,我来自塔尔诺格鲁德,我的大姐B(巴拉)和祖母住过一段时间,祖母付钱让她去皮兹尼卡附近的尼斯科镇上了一流的裁缝课。

几次信件往来之后,玛丽拉、佐西亚和我逐渐发现,彼此其实是有点沾亲带故的。两姐妹的祖父其实就是我祖母的第二任丈夫。我激动起来,急切地期待我们能见面。然而很遗憾,到目前为止这个梦想都没能实现。不过,很多年后,我得知她们在战后移居纽约了。也不知道她们婚后随了什么夫姓,现在又住在哪里。我仍然希望有一天能与她们联系上;也许,读了这本书,她们会主动联系我吧。

22. 疑虑四起

1943年初的一个晚上,佩尔穆特夫人叫我做完事情别急着上楼,她想私下跟我聊聊。我担心最坏的情况即将发生:她发现我是犹太人。

我会不会就此送命？也许好运气都用光了。然而，佩尔穆特夫人一如既往地亲切友好，而且对我很关心挂怀。

"请坐，亲爱的斯蒂芬，"她说，"你不用这么站着。"

巨大的恐慌席卷而来，但我表面上丝毫不显得害怕。我像往常一样，听着她说话，同时保持微笑，也听话地坐下了。

佩尔穆特夫人好像觉得跟我聊天很困难，尤其是所有的话都要重复好几遍，还要比比画画，因为她以为我不怎么能听懂德语。

"你一定已经很累了，"她开口道，"天已经很晚了。"

"我确实很累，您叫我的时候，我已经准备睡觉了。我今天做错什么事了吗，佩尔穆特夫人？"

"哦，没有没有，"她回答，"你干的活儿总是很让人满意。我就是想告诉你，在我的家乡莱比锡，有些德国人抓了所有的犹太人，把他们带去了一个集中营，很多人都死在了里面。"

我从另一个方面理解她的话，就是有些犹太人还活着，这一点让我高兴；但也意识到，他们在怀疑我是犹太人了。我知道自己必须表现出满不在乎的样子，仿佛这种消息与我无关。但我也明白，这完全就是在自欺欺人。我天真地以为自己在德国能活下来，实在太傻了。我就应该和安妮拉姨祖母待在一起，这样生存概率还要大些。但现在我已经进退两难，想着要回波兰为时已晚。

内心有个声音在鼓励我保持勇气，不要放弃，让疯狂袭来的恐慌情绪得到平复。这个声音也让我在一定程度上下定了面对现实的决心。我当然没那么天真，明白佩尔穆特夫人不可能全无疑虑，但也知道她是个很善良的人。这场谈话其实只是个提醒，

第3章 在敌人的国度 137

暗示有人怀疑我是犹太人，应该更谨慎小心才对。

要是佩尔穆特夫人觉得我会有什么反应，那就大错特错了。我对老板娘单纯地微笑着，仿佛在等她说点别的。我打了几个哈欠，站了起来。

"佩尔穆特夫人，你为什么要跟我说这些？"我问道，"我一点也不感兴趣。"

我礼貌地对她道了声晚安，跑到了楼上。房间里感觉很安全，我思考着佩尔穆特夫人刚才与我这番谈话究竟是什么意思。我都已经在这里待了一年半了，她突然跟我说这些事情，真是难以理解。我很努力地回想自己究竟说了什么可疑的话，做了什么可疑的事。

人人都见过我不吃这里的肉，也不吃其他非洁食的食物；但应该不是这个原因，因为经过母亲托梦之后，我就什么都吃了。夏洛特看到了那封以"亲爱的妈妈"开头的信，但那已经是很久之前了。最终，我认为，这是因为我作为一个波兰人，德语太好了；我"学"德语学得太快了，比其他的波兰帮工都要快。有人，说不定是某个波兰帮工——对我起了疑心，并将这事上报给了警察。也许是警察让佩尔穆特夫人跟我谈话，试探我的反应。

唉，我怎么就没能多装一会儿呢？然而，自责已经没用了。事情已经到了这步田地，我必须想办法纠正错误。我完全明白，这并不容易，只能请求万能的天神帮助。我迅速做了祷告，开始到处找玛拉赫。很快在床底下找到了她，心中又感到宽慰和笃定。我明白，哈希姆一定还在天上看顾我，于是安心进入了梦乡。

接下来的几天里,我并未忘记佩尔穆特夫妇还在怀疑我是不是个真正的基督教女孩。我安慰自己说,他们的疑虑没有加重,不然我肯定已经没命了。

然而,接下来的礼拜天,情况又恶化了。

每个礼拜天,所有的外国劳工都必须去警察局签到。这样一来,德国人就能监管我们,免得有人逃跑。我们甚至都不许离开镇子。通常情况下,签到就是走个形式,只需要几分钟。我们轮流进入一间办公室,在登记簿上自己的名字旁签个名,然后离开警察局。

佩尔穆特夫人和我谈过之后的那个礼拜天,我像往常一样去警察局签到。负责此事的是个新警司,但我没在意,如常签了字。

我差点就要走出门了,却被那个警司叫住了。

"等等,"他说,"别走,斯蒂芬妮。我想问你几个问题。"

我的表情一定看上去很担忧,因为他又说道:"别担心,坐下。你在佩尔穆特家的旅社帮工,对吧?他们都叫你斯蒂芬,没错吧?"

"没错。"我说。

他像是在等我给出进一步的回复,我一紧张,话也多起来:"他们觉得'斯蒂芬妮'很难发音,我猜'斯蒂芬'更接近德语发音吧。说实话,我现在都觉得自己已经是个德国人了,很多人都以为我就是。您知道的,我和德国人一起工作,也学了不少德语。我很擅长学语言。"

"你还会说别的什么语言吗,斯蒂芬?"

第3章 在敌人的国度 139

"怎么这么问呢,警官,当然啦。"

"有人告诉我,你能很流利地说那种语言。"

"有人告诉您?"我问道,"是我的朋友们告诉您的吗,说我能流利地说自己的语言?您怎么会向他们问起我呢?"

"我从来没说过问的是你的朋友们,"他故意模仿我的重音,"告诉我这些的人也许不是你的朋友。你会说其他什么语言呢,斯蒂芬?"

"我稍微懂一点乌克兰语,因为我父亲说得很好。"我脱口而出,但立刻就后悔自己多嘴了。要是他问起我父亲或母亲的名字,就能把我弄得结巴起来。我赶紧为他们想出了假名字。

"伊夫凯维奇其实并不是波兰姓氏,"他质问道,"要么是俄国姓氏,要么是乌克兰姓氏。所以,你到底是哪国人啊,斯蒂芬?"

"我是波兰人!"我告诉他,"而且你应该清楚这一点,长官!"他没问我父母叫什么,真是谢天谢地。

"那你告诉我,斯蒂芬,你有多少个兄弟姐妹?"

我猛地站起来,非常生气地喊道:"你难道不知道你们对我的皮库尔家人做了些什么吗?你们在全村洒满煤油,整个烧掉了。每个人都被活活烧死了,只剩下我和另外一个女孩。"

我掏出手帕,擦去脸上泉涌一般的泪水。真高兴我能哭出来,如果他还要追问另一个幸存者姓甚名谁,我就装出特别生气伤心的样子,故意不回答。我本应该知道她名字的!我太幸运了,他没有问我。

我本以为警司会满怀敌意,结果他脸上却露出友善的表情,我真是百思不得其解。接着他告诉我下礼拜天早点来,

10:30到，那时候是他独自值班，我就更摸不着头脑了。

"走之前，把你的地址写在这张纸上。"他说。

这个要求也令人费解，因为我的身份证上写着地址呢。但我别无选择，只能在他递给我的一张小纸片上写下"卢布林县皮库尔"。希望我写对了，因为我从没去过皮库尔，只知道那是个很小的村子，很可能没有什么街多少号这种分区。我感觉得出来，我说的话他一个字也不信，但也不太明白他为什么要在我这么个毫不起眼的波兰虫子身上浪费这么长时间。最后，问话人宣布我可以走了，甚至还祝我度过愉快的一天。

我知道，又得苦苦想办法来克服新的困境了。这种为了保命而不得不做的事情，究竟发生了多少次，我已经记不清了。

我也没有其他办法可想，于是决定去找玛丽西亚，她礼拜天也休息。她在德国结了婚，和丈夫一起为一个富有的德国家庭做家政服务。玛丽西亚和丈夫都不识字，有时候我会为两人写信给波兰的家人。他们非常感激，总是会回报我一些面包和水果。

我俩，还有她的丈夫，一起走了很远的路，来到了公园。我们在一张长椅上坐下，我立刻感觉到，这位朋友有心事。

"我丈夫想让我跟你说件事，"玛丽西亚说，"你特别不善交际，亲爱的斯蒂芬妮，我们注意到，你对周围的男孩子都不感兴趣。我俩也都看出来了，你特别孤独。我丈夫有个不错的表弟，在这附近的比特菲尔德工作，我们觉得他很适合你。"我发现，他们一直在观察我，看我有什么反应。

我一抬头就看到她丈夫的乌克兰徽章，以前应该也见过，但这次我才觉得这事关重大：乌克兰人的名声几乎和德国人一样坏。当下我就决定要结束这段友谊，因为有可能就是他们把我出

第3章 在敌人的国度 *141*

卖给了警察。

玛丽西亚很大胆地说了下去："我们是最好的朋友，不是吗？现在我们还能成为亲戚呢！想象一下，你可以做我的表弟妹呢！你觉得怎么样啊，斯蒂芬妮？"

有那么一分钟，我只感到眩晕，接着告知她，这样是再好不过的，但我还没准备好结婚。"我还是喜欢现在这样自由自在的，想等到战争结束再说。看现在德军全线获胜的势头，不久他们就会占领全世界了，美国和英国也不例外。"

"希望你这话能成真。你好像知道很多嘛，"她丈夫听了我的预测很高兴，"这样我们就能拥有自己的国家了，德国人是这么承诺乌克兰人的。而你，斯蒂芬妮，你可以成为我们的一员，变成我们的骨肉至亲。"

"说实话吧，我认识亚努夫一个非常好的男孩，还在彼此通信。但让我好好想想吧。"我说。

"保证好好想想？"

"嗯，"我扯谎了，"谢谢你们对我如此真心。"

我们和往常一样，跟那群波兰工人一起玩。一个女孩说我的样子像是见到鬼了。我也没法告诉她，让我忧虑的不是鬼魂，而是必须给玛丽西亚一个答复。这让我很煎熬，因为我的答案显然是"不"。也不知道她和丈夫会做何反应；我只知道，如果他们怀疑我是犹太人，那我要是拒绝了，他们一定会出卖我。

远远地，我瞅到那个警司，就是刚才问我话的人。我愣住了。很少会有德国人进入这个公园。我确信他是来带我去警察局的。但他只是朝我的方向看了一眼，就骑马扬长而去。我松了口气，和其他人愉快地聊起天来。每个人都有关于家乡的故事可讲，而我，这里"演技"最好的人，可不缺这样的故事。

"我的表兄弟姊妹，总得有一百个左右呢，"我对大家说，"几乎都是男孩子。完全可以想象，等我回了家，他们会大惊小怪成什么样。"说这话时，我确保玛丽西亚和她丈夫听到了。

"他们都会向你求婚的，"听故事的人们说，"因为到那时，你已经成为著名作家了。"

我看到玛丽西亚的表情一下子悲伤起来。她想让我成为她的家人，现在意识到这也许不可能。不过，她反正已经把我当亲人对待了。

"你说你弄丢了诵经念珠，"她说，"我们给你买了一个。"

"你们也太好了，我刚好特别需要。"我回到了索南街9号佩尔穆特旅社，向每个人打招呼，展示我的新念珠。他们看到了，就会相信我礼拜天是去了教堂。没人知道我没去，因为我总是跟他们说，是和波兰朋友们一起去的。

我把念珠放在自己的梳妆台上，要是佩尔穆特夫妇趁我不在进房间查看，就会注意到这串念珠，也会告诉其他人。

那天晚上，我躺在床上，不知道自己是不是该逃跑。但感觉这不算是个好主意。我很快会被抓回来，说不定当天就被抓了。我正在德国国土上，离波兰村庄非常遥远。我现在的处境比在波兰时更加危险。尽管住的地方有很多人，我还是觉得自己是孤身一人待在危险的黑暗森林之中。我周围的人显然不是朋友。他们都是可怕的掠食者，比我在波兰森林中遇到的任何野兽都要凶猛很多。

接下来的一个星期,没人来找我。我想象着那些乌克兰人正密切注意着我的一举一动,但我装出毫不在意的样子。真不知道我为什么还没被抓走,德国人在等什么呢?答案只有一个:他们正在亚努夫进行调查,这需要时间。等掌握了相关信息,他们自然知道到哪里找我。与此同时,我每天都换上不同的衣服,不想在纳粹上门带走我时给敌人留下干净的衣服。

一个德国工人问我为什么总是穿得那么漂亮,还提醒我并不是每天都去教堂,而是在做脏活累活。

"我喜欢打扮,"我对她说,"而且你看,我有很多衣服呢。"

"是啊,这个我们都注意到了。"她说,"而且我们都觉得你突然变得很好玩,你是不是觉得会有白马王子突然到来啊。"

我装出一副伤心的样子。"男孩子们其实都不喜欢我。"我对她说。

她突然露出同情难过的神情,可能觉得我之所以每天打扮,是因为内心的自卑;而我当然是没有的。不过看到我的回答满足了她的好奇心,我就松了口气。

警局的那位警司逐渐成为佩尔穆特旅社的常客。每次他到餐厅来吃喝,都会专门到厨房问候佩尔穆特夫人。这完全是醉翁之意不在酒,因为他总会偷偷看我一眼。真不明白他为什么还没上报自己的怀疑。我觉得他可能已经这么做了,现在这事已经不归他管了。肯定一两天之内我就会被带走。

我越想越怕,希望能振作一点。我是个坚强的斗士。而且他们只是怀疑我是犹太人。要是已经确定,肯定就把我抓起来狠狠折磨了。比起死亡，我更怕的是酷刑。

一整个星期，我满脑子都想着即将被抓起来的事情。到了礼拜天，我一想到要去警察局签到，心中就充满了惶恐。但我别无选择，只能前去。

进入警局大楼时，我鼓起勇气，强迫自己要在审问者面前露出一副满不在乎的样子。我穿了一件漂亮衣服，显得很高兴。我惊讶地看到，那个警司准备了两杯咖啡和一些蛋糕，邀请我坐下和他来个茶歇。他和上周一样态度友善，但突然说出的话却让我万分惊恐："你知道吗，斯蒂芬，卢布林那些犹太人说话跟你一模一样。"

我鼓起全身的力量，挤出一个最最天真无邪的表情，回应道："什么是犹太人，长官？"仿佛他们和我完全没有关系。

"你真的不知道什么是犹太人？"他假装惊讶地问道。

其实他并不需要我回答，我也没有回答，而是提醒他，按照规定，德国男青年是不许和波兰女孩说话的。话一出口，我就后悔了，因为想到他其实并没把我当女孩看待，只觉得我是犹太人。但如果真是这样，他为什么还给我准备这些好吃好喝的？我越想越摸不着头脑，觉得他要么不能确定我是犹太人，要么就是不想让我死。

到了第二周的礼拜六晚上，我几乎一夜没睡，绞尽脑汁地想该怎么说服警官，我不是犹太人。但这真的很不容易。

礼拜天，我昂首挺胸，带着灿烂的笑容，再次去了警察局。这次，我不等警司对我讲话，而是抢着开了口，假装一点也不担心。

"长官，上周您提到了犹太人，我的波兰朋友跟我详细解释了他们到底什么样子,"我微笑着,"朋友们告诉我,他们有黑眼睛和黑头发,就像您一样,长官。"接着我又大着胆子,佯装天真地问他为什么对犹太人这么感兴趣。

他对我回以微笑,没再说话。

我不敢相信自己真的办成了这么大的事情,还觉得会有更高层的人来找我。我觉得玛丽西亚和她的乌克兰丈夫已经出卖过我了。警司不是说了吗,出卖我的人不是朋友?我认定了,只可能是玛丽西亚和她的丈夫。他们说什么比特菲尔德的表弟,都是圈套。他们不是真正的朋友,而是我的敌人。

又是一个礼拜天,我决心表现得更满不在乎,一进警察局,我就径直向那位警司走去:"长官,希望您今天不要再问我那些傻问题了,为什么不问问等在外面的那些人呢?今天我可没时间跟您聊天。我今天休息,朋友们都在等着我呢。"

嘴上这么说着,心里仍然不免有些恐惧,我转身以最快的速度冲出了他的办公室。我本以为他会追上来,因为我太没礼貌了,但他没有。

我很快就为这番所作所为后悔起来,差点都要回去向他道歉了。但我还没来得及这么做,就被外间的波兰和乌克兰姑娘们用各种问题包围了。

"你怎么在里面待了这么久?"她们问道,"看看我们,我们进去了就出来。你是不是在打我们的小报告?我们是不允许和他说话的,他也不允许和我们说话。"她们提醒我。

"我知道,"我说,"下一次我一定会这么跟他说的。"

"他不会是想娶你吧?"

我啼笑皆非:"他应该对我一点兴趣也没有吧,我不过是条波兰虫子而已。"

一个叫海伦娜的女孩劈头盖脸地问我:"你说什么?"

"哦,有一次,一个德国男孩发现我是波兰人,就是这么叫我的。"

她的脸上充满了愤怒,气得上下牙齿咯咯打架。其他人则壮着胆子,大声咒骂起德国人。

"波兰虫子,好吧!我们比他们要优秀多了,总有一天,我们会夺回自己的国家。"

"一定会的。"我回答道,这让他们都振奋起来。

"他可配不上你这样的好女孩,这是肯定的。你应该嫁给波兰小伙儿,比如塔德乌什,他就很不错。我们知道他向你求婚了,但你拒绝了他。"

"我得先回学校上学,之后再考虑结婚什么的,"我回答,"我连小学都没上完。"

"而且你还得写那本书。"有人提醒我。

"这个我一直没忘。"我说。

我想让大家忘掉那位警司,于是说道:"真不知道要过多久才能和可怜的家人们重新团聚。我真想回家啊。你们呢?"我想让她们放心,我不会嫁给德国男孩,他们都是敌人。

礼拜天又到了,警局来了个新警司,没有对我表示特别的兴趣。我松了一口气,但又担心起接下来会换谁折磨我。

一天,我听电台广播,说华沙的犹太隔都被一把火烧了,所有的犹太人都死在家中。出于本能,我停下手里的活计,这让旅社的一个帮工起了疑心,质问我怎么听得懂这么多德语。我脑子飞转,回答说是在某个华沙剧团顺便学来的。那个德国女孩开心地笑起来,满意又高兴地重复了我已经听懂的可怕消息。我不能对这类事件表现出任何情绪或兴趣,还得假装德语仍然不够好。

等佩尔穆特夫人再叫我去食品储藏室拿鸡蛋,我便问她,什么是"鸡蛋"。她告诉我那是圆圆的、白白的东西,我就故意给她拿了一个圆形白面包。

"我刚说了,是很小的东西。"佩尔穆特夫人重复了一遍。

这次我拿了个小圆面包给她。

佩尔穆特夫人对我相当恼火,派另一个帮工去拿鸡蛋了,还说我太笨了,永远也学不会德语。

佩尔穆特先生气得脸都红了:"她太蠢了,就连最基本的词汇都不懂。"不过,佩尔穆特夫人却又告诉丈夫和所有的帮工,我倒也不算一无是处,还提醒他们我其实很聪明,用大张的透写纸给自己做了窗帘;就连邻居都过来欣赏,对我整洁的卧室也啧啧赞叹。有个邻居还对佩尔穆特夫人说,真希望也能招我这么个女孩,要是佩尔穆特家不要我了,她就会要我。但佩尔穆特夫人还不想让我走,她说:"她一干起活来,就像机器一样,不过她有时候倒真的不太记得自己的名字,这个我确实很惊讶。"

被佩尔穆特夫人称赞之后,我觉得逐渐显露出对德语的掌握还是安全的,几个月后,佩尔穆特夫人就很喜欢和我进行还算比较长的对话了。"你知道吗,斯蒂芬,"她说,"我一直觉得你还是很聪明的,只是因为语言障碍,弄得大家以为你很笨。"

我决心更努力地工作,尽可能地为佩尔穆特夫妇省钱。他们根本不用从外面请擦玻璃的人,因为我表示自己一点也不怕高,愿意冒着生命危险,把所有的窗户从内到外都擦洗得干干净净。

只有一样工作我特别痛恨：把卑劣的反犹杂志《冲锋队员》摆出来，供光顾的士兵们翻阅。杂志里的犹太人非常丑陋，几乎没有人样。看了这些杂志，我有时候会到楼上的卧室里，注视镜子里的女孩，安慰自己说，我和里面那些可怕的画像一点也不像，我美丽的姐妹与朋友们也根本不是那个样子。

一想起杂志上那些漫画，我就会变得特别愤怒，几乎无法入睡。我不明白，德国人在音乐与文学上造诣如此之高，怎么会蠢到相信那些画像画的就是犹太人的真实模样？他们怎么会在这么短的时间内，堕落成可怕的蛇虫鼠蚁？现在所有人的调子都遵从一个人，他们为了这个人，丧失了自己的头脑，这怎么可能呢？

曾经，父母教导我们："年轻的心灵是柔软的，因此也很容易弯曲。成长的过程中，我们有时候会从别人那里学到一些好东西，但很多时候也会学到坏东西。所以要一直和良师益友在一起，才能成长为一个好人。"

直到那时，我才完全明白这番话的意思。

23. 打败警官

过了一段时间，我的德语已经相当流利了，甚至逐渐听起来像个德国人了。佩尔穆特夫妇觉得我已经不是过去那个笨姑娘了。他们很喜欢我，也允许我越来越频繁地到旅社外面去。周四下午，旅社闭店休息，只要干完了活儿，我就可以自由出入。当然，镇上是有宵禁规定的。晚上八点后，外国劳工不允许在户外活动，衣领上还必须佩戴区分身份的徽章。波兰人的左衣领上得缝上字母"P"，要是没有这个标志，就不许离开室内空间。外国劳工绝对不可以离开被分配工作的城镇，所以我必须一直待在这个镇子里。

但很多时候，我都会去掉那个"P"，就像在波兰的时候不佩戴黄色的大卫之星一样。我会这样偷偷溜出门。有时候，我会去理发店，店员还以为我就是个德国女孩。还有的时候，我去找镇上的裁缝，一个善良的年轻女人，也不知道为什么，她免费送了我些衣服。在极少数情况下，我会鼓足勇气去看电影。这是我们严格禁止的事情，但我还是冒险去了，因为只有在那里，我才能不间断地听到各类关于战争的消息。

我有些波兰熟人被从巧克力工厂调到旅社附近的一个农场。也许有火车可以去那里，但我不被允许出城，所以也从没问过。有一天，我没什么事情可做，就鼓起勇气，决定走路去那个农场。

离农场不远的同一个村子里，有个苏联战俘营，里面的战俘们憔悴得可怜，已经没了人样，更像是饥饿的动物。我很清楚饥饿的滋味，决心要帮帮这些可怜的俄国人，不管风险多大。

又到了空闲的礼拜天，我从旅社的食物储藏室拿了一些面包、黄油及整块的培根，出发了。一到村里，我就先去了战俘营，把食物从栏杆的空隙之间塞了进去。

"谢谢！谢谢你，姑娘！"他们都喊了起来。他们没有刀来切培根，只能像饥饿的秃鹰一样，一次次地使劲撕扯。

能给他们提供食物，我心里也充溢着巨大的满足感。我清楚自己在冒多大的风险，但我恰恰很擅长冒险，没人比我更懂冒险。要是偷东西来让这些饥饿的人吃饱是一种罪过，那我随时可以为此遭受惩罚。

离开之前，我环顾四周，认为自己很安全。然而，当我走向朋友们所在的农场时，发现有个德国女士正看着我，脸上都是怀疑。她好像知道我是个不速之客，领子上应该戴个"P"。

几小时后，来了个警察，他马上动手搜了我的包，但里面除了手帕什么也没有。他把我押上马车，带回了镇上，一路上一言不发，偶尔会转过来向我投来敌意的一瞥。我也回瞪他一眼，心里并不害怕。我知道，无论将受到什么惩罚，都不会是死刑，因为他不知道我给那些战俘送过食物。

在警察局附近，他让我下车，还恶狠狠地说，不久他会来找我。我当时觉得，以后应该再也不会和他见面了，这想法确实有点天真。

几天后，他来到旅社，当时我正在洗衣房帮忙。他给我看一张"罪状"，指控我把"P"标志摘掉了，还出了城。

我知道，作为"奴隶"，我还挺有用的，暂时没有生命危险。于是我做出最最冷漠的表情，对这位警官说："总有一天，我要把这罪状裱起来，挂在我家客厅，让人人都看看我的罪行。是啊，我把'P'摘掉了；戴着它我还怎么出城去看好朋友呢——还真是滔天大罪啊！"

他想把那张纸从我手里抢走，争抢之中，纸被撕碎了。他有点不知所措，而且我看得出来，他有那么点害怕，可能觉得我懂得太多了。

有很多德国人以为我就是本国人，所以跟我混得很熟，我也从他们那里知道，德军全线胜利的势头已然不再。我明白，他们已经在走失败的下坡路了。那位强大的元首已经失势，打败他只是时间问题。我真心希望能活到被迫害的人们获得解放的那天，亲眼看着那些耀武扬威的刽子手和他们热爱的元首一败涂地。

我急切地想多了解一下关于当前局势的消息，却想不到什么办法。大家都认为新闻与我无关，所以我不配听新闻；而德国人也越来越害怕讨论战局，即便只是私下聊聊。对希特勒失去信心是严令禁止的，这将是一桩会导致他们被列入"黑名单"的罪状，最终会被枪毙，或是遭受其他惩罚。德国人也被严格禁止收听外国电台，但很多人还是冒着极大的风险这样做了。

带着罪状上门的警官心里也应该清楚很多外国人已经意识到的事情。他很可能在担心战争结束后自己的下场，所以表情不是被激怒，而是有些害怕。这正合我意，活下去的希望也更大了。

他没有再追究。人人都看到，我竟然吓退了一个勋章累累的警官。

24. 希望的曙光

旅社的地窖很大，有不同的分区，其中一个区是空袭警报拉响之后大家的避难所，另一区用来储存桶装啤酒，还有一区放着新鲜出炉的面包和蛋糕。另外还有一些柜子，存放我们的一些衣物，以防地窖以上的东西被炸弹全数摧毁。

一天，我闻着面包的香味，馋得不行，想了个办法来解馋。我们一天吃三顿，但我干活儿特别卖力，需要吃更多东西。而且，其他的工人还有父母的接济。

一个周日的清晨，大家都还在睡觉，我没穿鞋子，踮着脚走到地窖，从那儿的柜子里拿了一件我的衣服，然后切下一大块蛋糕，又拿了一大块面包，都包在衣服里。之后就关了灯，抱着这一包口粮跑上楼。

我迎面遇上马夫，一个老爷爷，以他的年龄来说，工作也相当努力了。他正揉着眼睛，看样子相当疲惫。除了喂马，他还得为它们擦洗。他是从遥远的旧时代活过来的人，天性善良，希特勒也没能改变他。

"早上好，斯托兹曼先生。"我用最友好和无辜的语气问候这位迷迷糊糊的老人。

"这一大清早的，你在这儿干什么？"他问道。

"空袭之后我睡得不太好，"我对他说，"一整晚都在想今天该穿哪件衣服。今天可是礼拜天哪。"

斯托兹曼先生没有表示任何怀疑，我继续往楼上走。但我想起来，慌乱之中，我把一块面包留在了不该在的位置。虽然这并不会招来很严重的惩罚，但我也不想被别人叫小偷，因为那样就会被盯得更紧，好名声也没了。我怕偷东西的行为被发现，于是又冒险拿着那件衣服下楼了。斯托兹曼先生还站在原地，我说衣服拿错了，要回去换。

我很小心地把放错的那块面包藏在新拿的衣服下面，这件衣服很不错,是羊毛的。这下我必须得穿这件衣服了。很不幸,当时正值夏天,上午那几个小时我的打扮都显得非常可笑。一直到下午,我才想办法把羊毛衣服换成了更适合夏天穿的衣服。不过没人注意我穿的是毛衣,还是夏装。他们心里担忧着更大的事情。

空袭越来越频繁了,几乎每个晚上,英国飞机都会来轰炸附近更大的城镇。美国的轰炸机则会在白天赶到。这边只允许听德国电台,有关盟军进展的消息传播得很慢。但我多次都看到佩尔穆特先生在偷偷收听外国电台。

而且他回应士兵们的问候,也逐渐变成了"早上好",而不是之前的"希特勒万岁"。

那些被洗脑的年轻小伙子吃着他的饭,却生气地认为这是一种"叛国"的表现,还公开威胁他。"等战争结束后再说吧,"他们说,"你已经上黑名单了。"这意味着他将为所谓的"罪行"受到严厉的惩罚,甚至可能是死刑。我不知道德国人是不是也会对自己的同胞举起屠刀。

我逐渐看清,希特勒是个多么无情残忍的领袖。他能毫不在意地夺走一个人的生命——即便那是德国人——所有这些年轻的士兵都听话追随他,早已忘记人性为何物。

好几次,我都听到士兵们拿日本盟友开玩笑。"他们还真以为我们会分享胜利果实啊。"一个士兵说。

"随他们想吧,"另一个士兵说,"眼下我们需要他们。后面该怎么对付他们,我们可是很清楚的。"说着士兵们都开心地笑起来。

但这种虚张声势也会露出裂痕;他们有时候会唱一首歌,

说明其实并不真心相信德军能在战争中取胜：

> 夜空多么美丽，
> 天空闪烁星星，
> 又来了，英国飞机，
> 它们夜夜来袭。

他们在哀叹，我却暗自欢喜，对活下去越来越有希望了。我还渴望得到更多的消息，而从工友们那里是听不到的。

一个休息日，我抱起玛拉赫，冲动之下决定去莱比锡，之前我已经去过几次了。当然，我相当紧张，希望不要遇到谁认出我是波兰人。

火车上很挤，所以我别无选择，只能和其他人坐在一起。当然，他们都是德国人。去程时，我坐在两个士兵中间，他们理所当然地认为我是德国女孩，跟我攀谈起来。我担心他们会发现德语并非我的母语，于是赶紧问他们来自德国的哪个地方。他们回答之后，我说我来自一个完全不同的地方，所以德语有口音。

"你听她说话，的确口音不同。"一个士兵说。

"我不在意她的口音，"另一个说，"她说得很好，我喜欢。"

这之后，我假装因为他俩太熟而觉得不舒服，起身挪去了另一个座位，两边都是老人。

到了莱比锡，我第一站就去了动物园，享受着阳光与动物们的纯真可爱。我喂起了猴子，三个女孩停下来跟我搭话。

她们说，三人在廉价的宿舍合租了一个房间，我问她们愿不愿意收留我一晚。我说，早上和继母吵了一架，今晚不想回家见到她。

有新的伙伴加入，她们都很开心，同意了我的请求。我高兴极了，因为这是个了解战争进展的好机会。我想多知道一下盟军的进展，不在乎这个行为会带来什么后果，也不在乎回到旅社后会面临什么状况。我决心要装得像个不太聪明的女孩，表现得对政治不感兴趣，只一心担忧家里那个糟糕的继母。

有个女孩神情忧伤，手臂上戴了黑纱。她告诉我，自己的未婚夫最近在克拉科夫战死了，而德军正从那里撤退。我暗暗高兴，希望自家还有别的人像我一样努力活下来了。到现在我才慢慢想到，自己以后会有多么孤独。我产生了深深的怀疑：这么拼了命要活下来又是为了什么呢？旋即又意识到，我正在失去希望，于是如梦方醒地晃晃脑袋。我明白，这个时候失去希望真是太蠢了。梦寐以求的自由就在前方，我会让全世界见识一下，一个人能做成多大的事情。

我在宿舍里和她们聊了一会儿，决定躺下假装睡着了。我知道她们很快就会无拘无束地聊天，这样我才能了解一下真实情况。我故意打起呼噜，好让她们相信我确实已经睡着了。

不出所料，她们很快交谈起来。失去未婚夫的女孩言辞激烈地抱怨起来，说希特勒在骗她们。她们似乎已经对德国的获胜失去了希望。我真不敢相信能有幸听到这些，竖起耳朵仔细听她们的每一句话，同时也保持一动不动。

很快，三个人都哭了起来。现在轮到她们发愁了，我真高兴啊。我莫名觉得应该向这些女孩发威，让她们像我这么多年一样，害怕德国士兵。于是我从毯子下面伸出头，严厉地指责她们。

"我没听错吧,你们说了希特勒的坏话?"我问道,"你们对我们的元首完全失去信心了吗?你们一点也不像咱德国女孩!你们应该为自己感到羞耻!"

我这突如其来的大爆发搞得她们完全不知所措。三个人都忧心忡忡地看着我,担心我是间谍,会把她们的话报告给上级。她们送了我很多礼物,恳求我别把刚才听到的话告诉任何人。我很快就道了歉,态度很好地向她们要了些吃的,之后我怀着轻松的心情沉沉入睡了。醒来的时候,我对三个女孩表示衷心感谢,并保证不会举报她们。

很快,我就去了车站,一路上几乎跳起舞来。路上的人们都盯着我看,但哪怕他们觉得我智力不正常也好,甚至疯了也好,我其实一点也不在乎。

回家的路上,我沉醉于对自由的憧憬,欢欣鼓舞;然而,很快,想到战后我将不得不面临不确定的未来,快乐就烟消云散了。我见证自己的家园、家人和同胞被肆无忌惮的军队残忍野蛮地摧毁,我自己成了一个奴隶,逃亡到陌生的人群中。战争结束了,我要做什么?我要去哪里?我不知道。

回到旅社后,雇主责备我昨晚夜不归宿,但我没有回应,他们愿意怎么想就怎么想好了。最重要的是我还有眼下这份工作,他们看到我回来也是很高兴的。这里暂时还是我的家,能进入自己的房间也很开心。我换了衣服,到楼下开始干活。我发现自己已经可以对所有人微笑了,也不管他们会不会对我回以微笑。没人问我为什么心情突然就变好了。德军局势一直在恶化,我不再是任何关注的焦点了。

战争的走势让旅社的工人们十分失望和沮丧,他们对我说话的语气变得非常尊重。但他们如何对待我,对我来说已经不重要了。我一心梦想着自由,决定只要一有机会就离开德国,一分钟也不多留。梦中,我去了巴勒斯坦,想在那里和自己的同胞开启新生活。

一个周四的下午,我在镇上悠闲地散着步,一对中年德国夫妇跟我聊了起来。他们自我介绍说是埃尔哈特先生和夫人。我一听这个姓氏就产生了兴趣,因为听说过有个犹太家庭就姓埃尔哈特。得知他们是新教出身,我非常失望。两人邀请我那个礼拜天下午去家里喝茶,说他们没有孩子,喜欢跟人进行智慧的交谈。不知怎的,我对他们也有种亲近感,而且比他们还需要陪伴。这对夫妇似乎真的很孤独。但我不明白他们怎么就选中了我——一个完全的陌生人。

我来到他们的家,发现那里非常整洁,由此可知他们并不是找我上门做家务活的。他们是真诚地渴望着友谊,但我还是开始怀疑自己,就这样接受陌生人的邀请是否太不明智了。我离开的时候,他们说,只要我有空的日子,尽管再来,并用非常友善的态度向我告别。

礼拜天到了,我穿上漂亮的衣服,又去了埃尔哈特夫妇家。身在他们美丽的花园里,我享受着那轻松惬意的气氛,我们谈天说地,什么都聊,只是不碰战争和政治。在他们的书房里,我久久地盯着他们书房里满满当当的书架,埃尔哈特先生注意到我对此感兴趣,提出可以借给我一些书。他给我看了一些经典德语著作,还有几卷莎士比亚戏剧,我的姐姐巴拉以前也看过。以前,她总是把那些书保存着,为了等我长大给我读。我却连一页也没来得及看。而现在眼前有这么多书，我却犹豫着要不要拿，究竟能不能透露我认识德语呢？

我再度怀疑埃尔哈特夫妇是不是真的友好，还是被警察安排来监视我的。我知道，到现在这个时候，他们也不能对我造成什么大的伤害了；我编造的出生地皮库尔早就被苏军占领，德国人也不可能获取相关信息来探查我的真实身份了。但万一局势逆转，德国人再度占领了那片地区呢？我无能为力，只能祈祷，希望有最好的结果。

孤独的我总是到埃尔哈特夫妇家去，逐渐喜欢上了他们。埃尔哈特夫人让我想起外祖父的妹妹，我的姑祖母苏里，她也没有孩子，总是对我过度关心。埃尔哈特夫妇对我格外好，会准备我最喜欢吃的食物，还不时给我买漂亮的衣服。即便如此，我脑子里的想法还是挥之不去：他们可能一直在监视我，要么是为佩尔穆特家，要么是为警察。

我想好了，下次再去他们家，要更仔细地观察，毕竟他们也可能在认真地观察我。我觉得他们是很善良的老夫妇，单纯地怜悯这么一个背井离乡的年轻女孩。但我真的不明白他们为什么选了我。不过，很快我就弄清了。

一个礼拜天，他们送给我一条漂亮的项链。我欣赏着这漂亮的小饰品，埃尔哈特夫人等了我几分钟，开口道："斯蒂芬，你可能在想，我们是怎么知道你的。"

我一直在怀疑，这镇上那么多比我更漂亮的波兰女孩，他们为什么就挑中了我来结交，但并不想让他们知道我强烈的疑心。

"亲爱的斯蒂芬，我们现在要向你透露的事情，必须严格

第3章 在敌人的国度 *159*

保密,"她继续道,"之前问过你话的那个警局警司,是我们家的一个朋友。他正在等待战争结束,那样他就可以向你求婚了。你可能知道,现在的局势下,德国小伙甚至不被允许和外国女孩说话。"

"我知道,"我对夫妇俩说,"我还提醒了那位警官,我也不想给自己找麻烦。但我只是个波兰劳工,也是个非常虔诚的天主教徒,而德国国防军的所有人都是不信教的。"

"亲爱的斯蒂芬,"夫人说,"虽然很不愿意说,但我们知道,你只和佩尔穆特夫妇去过一次教堂,在1942年的圣诞前夜。"

所以他们确实一直在监视我!我真是太蠢了,还真心以为自己能活下来。我开始思考自己哪里做错了,一定是做了什么事情引起了他们的怀疑。但我真的想不起来了。无论是什么,我都得想办法弄清楚埃尔哈特夫妇是怎么发现我不去教堂的。

琢磨了很久,我认定是有个波兰朋友出于某种原因背叛了我。我仔仔细细地回想自己认识的每一个女孩,觉得她们都没问题。哪怕只有一个人怀疑我是犹太人,这个消息就会被传成人尽皆知的事实。如果真是那样,我是撑不到现在的。

突然,我想起有一次,佩尔穆特家一个邻居称赞我德语发音很好,我开玩笑地说,我就是来自"德意志",德语是"Deutschland",但我的发音是意第绪语的"Deitschland"。她很可能把这件事告诉了佩尔穆特夫妇,而他们则把此事告诉了警察。

现在躲着埃尔哈特夫妇已经没用了,我决定再去他们家一趟。

"天气多好啊。"埃尔哈特先生请我坐下时，如此说道。

我们坐在他家美丽的花园里，餐桌被装饰得很有节日气氛，好像这是什么特殊场合。我犹疑地问道，是不是要开个生日聚会什么的；埃尔哈特先生回答道，只要我同意，确实可以庆祝庆祝。

"同意什么？"我问道。

"我们自己没有孩子，"埃尔哈特先生突然说，"我们很愿意收养你，亲爱的斯蒂芬。"

这下我是真的惊呆了。虽然我很喜欢他们，他们也对我很热情，但我万万没料到会出现这种情况，也很害怕拒绝。但我知道必须拒绝，因为我还没忘记自己到底是谁，也想要继续做犹太人。如果我想改变信仰，只需要去找牧师，他们可以让我在教堂里当修女借以藏身。但我来自一个严格的正统犹太教家庭，宁死也不允许自己皈依他教。

眼下情况如此，我真是进退两难，想到将来，更是困难重重。我又一次面对一个相当棘手的困境。

我很清楚，如果他们想要深入探究我的过去，会有什么后果。但最重要的还是我不想被他们收养。我感谢了埃尔哈特夫妇的好意，告诉他们战后我还是要回去找自己家人的。我说相处这么久，我很喜欢他们，但遗憾的是，我的答案只能是"不"。

他们表示理解，但如果我改变心意，今天的提议依然有效。我继续尽可能地去探望他们，并称他们"叔叔"和"阿姨"，他们似乎很喜欢这样的称呼。不过，我仍然心烦意乱地想：他们是怎么知道我没有家人的？除了那个警司，没人知道这件事。

第3章 在敌人的国度

有一天,一些德军高级军官和几个普通士兵进入旅馆。他们没关前门,我看到外面的广场上有大约一百名苏联战俘。他们的样子仿佛已经死去,有些还瘫坐在手推车里,被体力稍微好点的朋友推着。德军并不担心战俘无人看管,因为那些苏联人光是这样站着都没什么力气,更别说逃跑了。

我很同情他们,决定给予他们一点小小的帮助。

看这些苏联人的样子,像是很久没吃过东西了。趁看管他们的人在餐厅里吃得正欢,我偷偷地进了储藏室,拿了一些小餐包,走到门外的广场上。我把餐包撕成小块,扔给他们。很快,还能动的那些都扑向了食物,一时场面混乱。他们的手似乎都断了,只能用嘴去叼。我万分惊恐地看着眼前的场景;他们就像鸡在用嘴啄食。

人类竟能沦落到这个地步,我心想。真不知道有多少犹太人遭受了同样的命运。我想哭,但不希望被任何人问起原因。

德国人喝了不少葡萄酒和威士忌,正在尽情地唱歌;他们甚至没有听到广场上的骚动。但是佩尔穆特先生目睹了我的行为。我可以肯定,他没有把此事告诉任何人,可能只跟妻子说了。两人都没有问我为什么要冒这么大风险,因为他们也一定很高兴我这样做了。

25. 共同的秘密

1945年初,姓"帕奇"的意大利一家人来住店。他们的女儿吉娜一副落寞的样子，我鼓起勇气和她说话。

"我叫斯蒂芬妮，"我对她说，"是波兰人。"

"我叫吉娜，"她也自我介绍道，"我们一家是意大利人。"

"从地图上看，你们的国家就像一只靴子。"我说。

吉娜笑了起来。"你上学的时候地理一定很好，才会记得这个，"她说，"你的德语也是在波兰学的吗？说得真好。"

"不是的，"我说，"我刚来这儿的时候，一个字儿都不会说。花了很久才学会的。"

"你的德语堪称流利，一个波兰女孩能说成这样，还真叫人吃惊。"

"我已经来了两年半啦，平时的工友们也是德国女孩，"我对她说，"但是就算我会说她们的语言，她们也不想跟我交朋友。"

"她们好像也不太喜欢我。"吉娜说。

这话叫我很吃惊，因为她的父亲是功勋卓著的军官，而德国女孩喜欢军人，尤其是那种位高权重的。

没过多久，吉娜和我就成了最好的朋友。我看得出来，她不太开心。我觉得一定有原因，于是努力取得吉娜的信任。

"你为什么总是愁眉苦脸？"我问她，"看得出来你有烦恼。"

"我和爸爸关系不太好。"她告诉我，不想再多说下去。

吉娜的父母经常大声争吵，但旅社没有一个人懂意大利语，不知道他们为了什么吵架。然而，我看得明明白白，吉娜和母亲是一边的，一起反对着父亲。

随着时间的推移,我开始怀疑帕奇一家不是普通人。他们看起来很有钱,从吉娜和她母亲的双手就可以看出。我的手像是比身体的其他部位老了二十岁。她们俩的手则保养得很好,说明没怎么干过家务活。我心想,这种看起来很优越的家庭,为什么要抛下所有的财产,挤在一个小小的旅馆房间里呢?

最终,吉娜告诉我,他们是被迫从意大利逃走的。虽然她没说原因,但我认定是政治局势。我当然为吉娜感到难过,但也明白,他们面临的局势越严峻,自由就离我越近。

帕奇一家常常和德国人谈笑风生。不过,只要我一走过去,他们就会开始谈论天气。我开始怀疑他们是在谈论我。帕奇先生是被派到旅社来监视我的吗?但如果真是这样,他为什么把妻子和女儿带在身边?我突然起了疑心,说不定吉娜也是被指派的,任务是要从我这里套取信息。

不过,听收音机新闻时,他们脸上流露的担忧让我明白,他们住在旅社,原因一定不是我想的那样。我也看得出来,他们听到这些新闻并不高兴。很快我就认定,他们不高兴,是因为局势逐渐对他们不利,又意识到,这是我了解更多情况的好机会。

我邀请吉娜一起出去走走,希望能从她那里得到一些信息,证实我对形势的评估。我们在小镇的街道上散步,我向她露出格外真挚的微笑。我知道,她不会再向我隐瞒自己的悲伤了。

"你看起来好伤心啊,吉娜,真希望我能做些什么让你开心点儿,"我说,"你们家是发生过什么可怕的事情吗?你是失去了某位亲人吗?"

"我们失去了很多亲人,"她回答道,"他们都是军人。"

"你是说,他们跟德国人打了五年的仗?"我故意问出了这个天真的问题。

吉娜仍然对我有点疑心，一开始并没回答我。我又用尽量同情的语气大胆追问。

"你的亲人们，是纳粹党吗？他们是在与盟军作战时死去的吗？"

吉娜把脸埋入双手："你猜对了，亲爱的斯蒂芬。"

"你很幸运。"我回应道，"只要是加入纳粹的被占国家人士，在德国都会受到很好的照顾。你难道不喜欢这儿吗？"

"我恨死这儿了。我妈妈也是。她一开始就不想我爸爸加入纳粹党，但他就是不听她的。我俩都很怕我爸爸，他就是头野兽，双手沾满鲜血。他杀了很多人，也下令杀害了很多人。我的一些同学，还是我很爱的人，都因为他而死去。他甚至杀死了我最好的朋友。你能信吗？"

我信，我心想。我比任何人都清楚所谓的"优等民族"能干出什么事情，而她的父亲就是"优等民族"的一员。

几分钟后，吉娜说："我差点忘记你不是德国人了。我们一到旅社，爸爸就让我在你面前要小心说话。但比起他我更喜欢你，我真是羞于承认他就是我父亲。"

说出最后这句话，吉娜突然脸色苍白："你得跟我保证，我今天说的话，你不能对别人说一个字。要是有人发现我跟一个波兰女孩说这些，那我的麻烦就大了。你什么都不会说的，对吧？答应我，斯蒂芬。"

"我保证，不会向任何人说起这件事。但请告诉我，你的父亲是在逃亡吗？有人在追他吗？"她已经如此信任地向我透露了这么多信息，也没有隐瞒的必要了。泪水从吉娜的脸颊滚落，

第3章　在敌人的国度　165

我把自己的干净手帕递给她,急切地等待她下面要说的话。

她又犹豫了一会儿,好像突然不会说话了。接着,在无声的抽泣中,她说:"我父亲在躲不断进军的军队。他觉得德意志帝国很快就会战败了。"

我觉得这些话如音乐一样悦耳。

"你看他的预测对吗?"我问道,"你真觉得德国会输掉这场战争吗?"

"美国人或苏联人很快就会来的,"她说,"可能一个月左右吧,但他们一定会来的。我很担心,斯蒂芬妮,我怕他们会对我们进行报复。你是小镇来的,不知道逃亡是什么滋味,我们要一直东躲西藏,活在恐惧中。我真羡慕你,亲爱的斯蒂芬。"

"但你怎么就这么肯定德国人会输呢?"我没有深究她这番话中的讽刺意味,"局势仍然有可能逆转。逆转了你就能回家了。"

"我不想德国人获胜。要是他们赢了,就会杀掉一半的意大利人。凡是不跟纳粹合作的,都上了黑名单,都会被杀害。我的妈妈和表亲们都会死。只要他们和我爸爸争吵,他就会说:'就等着仗打完吧,你们都会遭报应的。'你现在懂我为什么不希望德国人获胜了吗?"

"我懂,"说着,我再次向她保证,不会把这次谈话告诉任何人,就连对我的波兰朋友们都会保密,"你已经是我最亲密的朋友了,吉娜。我第一眼看到你,就很喜欢你。自从和我的家人分别后,还没有人像你一样和我这么亲密。"

玛拉赫就安静地坐在附近,我内疚地望着它。

我和吉娜往公园的方向走去,像亲姐妹一样手牵着手。

"Noi andiamo,"吉娜说,"这是意大利语,意思是'我们在走路'。"

"My chodzimy。"我告诉了她表达同样意思的波兰语,又多说了几个词,那是我的母语。

吉娜手上拿了一份报纸,我瞥见了一个日期:1945年3月19日。不知为何,我心中涌起强烈的愿望,要把自己的故事告诉别人,和对方一起分享多年来我撕裂的内心所承担的巨大哀痛。我在内心做了一会儿斗争。我需要分享我的秘密,但要冒极大的风险。最终,对别人说出真相的冲动战胜了谨慎的劝阻。我明白自己即将冒什么风险,希望我对吉娜性格的判断是正确的。我祈祷她真的是个好人,我可以信任她,告诉她自己的秘密。我感觉自己孤独的内心在颤抖,明白我要么会得到一个特别好的朋友,要么会失去我的生命,即便是在这离解放已经不远的前夕。

吉娜一定是从我的表情看出了内心的挣扎,问道:"怎么了,亲爱的斯蒂芬?你怎么突然不说话了?我的故事让你不高兴了?如果是的话,请原谅我。"

听到她如此温柔地安慰我,我直了直身板,直视她的双眼。"吉娜,"我说,"我要向你透露一个秘密,你能保证永远不告诉任何人吗?"

吉娜点点头。我深深地与她对视,感觉很安心。

"我非常爱你,亲爱的吉娜,像爱亲姐妹一样。曾经,我也有很多姐妹,还有一个哥哥。"

我已经泪流满面,泪水打湿了我的衣裙;吉娜伸手想帮我擦掉脸上的泪,结果她的手也被打湿了。我看得出来,她的确也很爱我,就像亲姐妹一样。

"我的真名不叫斯蒂芬妮,而是玛拉·索雷尔。我是犹太人。如今,在这世上,我已是孤身一人。"

吉娜难以置信地看着我。

"我的全家人都被你父亲那样的凶手给杀害了,"我说了下去,"他们把我们整个镇上的犹太人都杀害了——我所有的邻居和朋友。"

吉娜看着我,眼中全是同情和怜悯。我感觉她一定会继续帮我保守秘密的。我们一起哭了一会儿,彼此都感觉存在着一条共同的纽带,没有任何东西或任何人能打破。我感到一种巨大的解脱,仿佛背上的巨石突然卸下。甚至一点都不担心吉娜会把我的真实身份告诉别人了。

我们决定回家时,太阳已经开始西沉。一路上,我们没有说话,就那样走着,手比之前握得更紧了。终于,我们回到了那个近三年以来我赖以栖身的地方,在这里,我一直生活在敌人之中,没有朋友,直到吉娜到来。

亲爱的吉娜。我不知道如今她会不会读到我的故事,想起她的朋友斯蒂芬妮。半个世纪以来,这位朋友信守承诺,没有把她的秘密透露给任何人。而吉娜也很忠诚,没有告诉任何人我是犹太人。毕竟,她和忠实伙伴玛拉赫一样,是我最好的朋友。

26. 一名犹太士兵

战火蔓延到了德国本土,附近城镇每晚都有轰炸。那声音听在我耳中如仙乐飘飘,因为这意味着我很快就会得救了。我想要制订未来的计划,但也无从想象要从哪里开始。重新找回自己需要很长的时间,但我还是非常坚定地向前看,这是只有年轻人才能做到的。

一天晚上,重机枪的枪声就在旅社外面响起。我的喜悦之情难以自已,一个工人吼道:"滚回房间去,你个傻子!"我可不像她想的那么傻,但我什么也没对她说。我已经等了那么久,现在也可以再耐心地多等一会儿。我也确实很想待在自己房间里,所以很乐意听她的话。在房间里我就可以一个人好好地微笑;甚至可以大声笑出来,只要不让别人听到。

过了一会儿,吉娜找到了我。她有些担心她和父母接下来的遭遇。

"你不会有事的,吉娜,"我说,"你是无辜的,和那些被杀害的可怜人一样。我也向你保证,不会告发你父亲。"

我打算遵守承诺,对她的故事保密;但也下定决心,下次看到她父亲时,要向他投去敌意的目光。不过,也没什么机会了。盟军队伍正向这个小镇进军,帕奇一家非常匆忙地决定继续逃命。

吉娜走出旅社的门,我感到内心空了一大块。她和父母走得太匆忙了,已经成为亲密朋友的我们也没办法好好地告别。但我永远不会忘记她。直到今天,我仍然希望有一天能和她重逢,再续前谊;我们的友谊来源于共同的痛苦遭遇,重塑了我对人类的信心,并给我上了重要的一课:判断人的好坏,要看此人自身的功过是非,而非其祖先的功过是非。

1945年4月20日,一场激战之后,我们的小镇被苏军占领。

我听到人们说起德国士兵是多么勇敢,奋力抵御苏联人的进攻。还听到一些人说,他们确实听从了希特勒的命令,战斗到最后一滴血。还有一些人据说喊了"希特勒万岁",宁可开枪自杀也不愿意面对战败的羞辱。我对这些英勇作战和每个士兵具体如何面对战败命运的故事丝毫不感兴趣,一直注意听着有没有"德国正在各条战线上取得全面胜利"的口号。我再也没有听到过这句话了。

没过多久,所有的外国劳工都开始抢劫德国人的各种店铺。他们来到我们的旅馆,要求我帮他们偷光佩尔穆特家的威士忌,并和他们一起在街上庆祝。我恳求他们离开,告诉他们佩尔穆特夫妇是好人,给过一个苏联战俘保暖的旧大衣和帽子。他们似乎冷静了下来,不再提偷威士忌的事了。

解放我们的苏联人放任难民想拿什么就拿什么,尤其是德国人的吃的喝的。每天,佩尔穆特夫人都讲起又有哪些女孩子带着过去雇主的珠宝、衣服和家中珍贵的补给回了波兰。佩尔穆特夫妇感谢我多年来的服务,想从财产中匀出些东西给我。我拒绝的时候,他们很震惊。我还没有告诉他们我是犹太人,只是一如既往地工作。他们也不明白,我为什么没像其他人一样想着回家,但我发现自己暂时还无法谈论这个问题,只要一说这个话题,眼泪就会决堤。我所在的小镇已经把控在苏军手中,但战争还没有结束,我还没有感觉完全自由。我仍然担心德国人会重新占领这个小镇,而我将再次陷入煎熬与折磨。

苏军占领小镇一星期之后,美军接管了这里。他们在旅社外放哨,警卫每隔几个小时就换一次班。一天晚上,一名美军士兵进入旅社,用德语向大家说,德国士兵射杀了被俘的盟军伤兵,还有一些平民俘虏。佩尔穆特夫人低下了头,像是对自己国家的所作所为感到羞愧。她的儿子就是一名士兵。

与打胜仗之后的德国士兵不同,美国人无意羞辱无辜的平民。一名美国士兵给佩尔穆特夫妇和旅馆的工人们递上美国香烟,并以美元支付了一轮喝酒的费用。真是出人意料的举动,佩尔穆特夫妇难以置信地盯着那绿色纸币。这样的慷慨有礼之举实在叫人难以理解,尤其是柏林眼下仍在德国人手中。

这名士兵自我介绍说叫大卫,我差点倒抽一口凉气。接着,他给他们讲了自己在纽约的家,还从一个口袋里掏出几张照片,给他们看了自己妈妈、爸爸和姐妹的照片,接着有些支吾地指着一张照片,说那是他的Kalle。

"什么是Kalle?"大家问道。

"新娘。"我脱口而出。Kalle不是德语词。

所有人都盯着我。他们以为这是英语,对我能听懂感到特别吃惊。特别是有个女孩,眼睛就没从我身上挪开过。我从她眼中读出了疑问:一个从没受过教育的波兰女孩怎么懂英语呢?她和其他人悄声议论起来,但我其实并不在乎。我依旧决定保持沉默。

大卫也惊讶地看着我,也许是在疑惑为什么只有我一个人听懂了这个词。我反应很快地请他和我一起到外面走廊上去。等到了其他人能听到的范围之外,我一股脑儿地向他倾诉了心声。我再也忍不住了,眼前站着这么长时间以来我见到的第一个犹太人。很快,我就哭得不能自已,也看到他眼中泪光闪闪。我仍然害怕向其他人承认我是犹太人,但他似乎一点也不担忧。我长话短说地向他讲述了这一路的悲惨遭遇,还有德国人对犹太人犯下

第3章 在敌人的国度 *171*

的恶行。

"总有一天,"我对他说,"我要让全世界都知道。"

在那之前,我一直认为在纳粹占领的欧洲,自己是唯一在大屠杀中幸存的犹太人。而这位士兵告诉我,全世界仍然有许许多多的犹太人,我真是欣喜若狂;哈希姆永远不会放任犹太民族走向完全的覆灭。

"你可能还没意识到,战争还没结束,"他说,"柏林还没有拿下;我们还面临一场漫长的战斗,要剿灭那些执行自杀式任务的日本人。他们甚至比德国人还要残忍、难对付。他们不愿投降,甚至不怕死。"

"真遗憾,他们不知道我听过什么样的话。"我说。我跟他讲了无意中听到一些德国士兵嘲笑日本人的事。他们吹嘘只是暂时利用日军,还预测他们最终会被打败。

"要是日本人了解这个情况,"他说,"战争也许会立刻结束。眼下,我们还有一场硬仗要打。"

最终,德国战败,战争结束,那之后我要做什么呢?我仍然非常茫然。我要去向何方?我知道,到那时,就需要更年长、经验更丰富的人来帮我了。我将需要钱和一张真正的身份证明。

"能听听你的建议吗?战争结束后,我该怎么办呢?"我问这位犹太士兵,"我不想永远待在这儿。"

"我会亲手去办你的事情,保证你在德国能少待一天就是一天。"他回答。

他答应马上给父母写信,让他们邀请我去美国。

这样的好运真是让我难以置信,赶紧去和在外面等着我的猫咪分享好消息。"要是我去美国,"我告诉玛拉赫,"一定会带你一起去的，不管别人怎么用看疯子的眼神看我。我会告诉所有人，是你一路陪伴我，还在哈希姆的帮助下，保护了我这么多年。"

27. 我叫玛拉·索雷尔

第二天，我去见了我的裁缝，请她帮我做些衣服。她总是为我免费缝制漂亮的衣服，我俩已经成了好朋友。穿上那些衣裙，我所有的波兰朋友都表示非常羡慕。她们总是请我把她们介绍给这位裁缝；然而，只要我问她愿不愿意为其他女孩子做衣服，她就沉默不语。当时我还不知道，战后，这些裙子将帮助我在波兰活下去。

我看着镜子里的自己，我已经不再是个孩子了。我已经十七岁半了，思想已经相当成熟，不像那些在父母呵护下长大的孩子。我是多么渴望再过上那样的生活啊，但我明白，以后还要继续这种被迫为自己谋生的日子。

第二天，大卫给我带来一些美味的饼干和罐头。罐头包装上写着"洁食"的字样，我盯着这个词，觉得好开心。自从离开塔尔诺格鲁德，这还是我第一次看到希伯来语字词。

其他人特别眼红，以为大卫喜欢上了我。我一直沉默着，做起白日梦来，幻想着大卫和他新娘的婚礼，并祝愿他和妻子幸福美满。

也许，到了美国，我也会遇到一个愿意娶我的犹太小伙

第3章 在敌人的国度 173

儿。一想到这个，我就兴奋起来。我仍然可能拥有属于自己的家，建立家庭。我闭上眼睛，想象着那将是什么感觉。我的眼前慢慢浮现出生命的希望，死神的阴影退却了，我渴望能和同胞团聚。

第二周的星期五，大卫带着犹太辫子面包①和酒来到旅社。佩尔穆特夫妇无意中听到他背诵犹太安息日的"祈福式"，不知道他这是在干什么，便对我问东问西。

战争还没结束，我仍然害怕向他们透露真实身份，这些年的"双重生活"给我造成了很大影响。我仍然担忧，如果知道了我是犹太人，他们可能会伤害我。

然而，我还没来得及回答佩尔穆特夫妇的问题，大卫就用德语宣布："你们不知道斯蒂芬妮的真实身份。她其实是犹太人，全家都被你们的士兵杀光了。她的真名叫玛拉。"

如果大卫觉得德国工人们会给予我同情，那他就大错特错了。

"你再朝我撒个谎试试。"其中一个这样嘲弄我。

"我再也不会相信她说的任何话了。"另一个说。

"她真是个撒谎精！"又一个附和道，"谁能想到呢？"

佩尔穆特夫人走到我身边，握住我的手，因为只有她能理解我究竟经历了什么。我倚着她的肩膀哭了起来，接着跑到楼上的房间里继续哭，哭到眼泪全流干了。我精疲力竭，睡着了，在梦中回到了家，见到了亲爱的父母和其他所有的家人。

第二天早上，我醒了，明白自己不可能在房间里一直待下

---

① 一种呈编辫子形状的犹太传统面包，常在安息日和犹太节日时食用，是犹太饮食文化中的重要组成部分。——编者注

去。在拿到去美国的机票之前，我还需要在这个旅社里赚取自己的生活费。佩尔穆特夫妇并没有收留我的义务，但我觉得他们不会把我赶出去，任我在大街上流浪，至少在德国败局已定的当下不会这么做。

我毫不犹豫地下了楼，一边请求他们允许我再住一段，一边想着其他人会对此做何反应。大卫透露我真实身份时，他们的反应我明白地看在眼里，也不指望此时他们能有多少同情心。我完全做好了心理准备成为很多人敌视的靶子。不管他们以何种方式对待我，我都会一如既往地友好，但一定会昂首挺胸、不卑不亢地过下去。他们已经知道我是犹太人了，所以我必须向他们表明，我来自非常善良而富有同情心的民族，不会因为他们民族的种种行为就进行复仇。

佩尔穆特先生和夫人早就在等我了，他们脸上露出令人安心的微笑，邀请我和他们共进早餐。我慢慢讲述着同胞的悲惨命运，他们也听得很认真。

早饭后，我回到了自己的房间，想补会儿觉。今天是安息日，我不会工作的。佩尔穆特夫人跟着我上了楼，坐在我床边，说我不需要做任何工作，可以继续住在旅社，决定好接下来怎么办再走。我告诉她，大卫的父母会给我寄一张去美国的机票，应该会很快收到他们的来信。

我觉得自己一只脚已经踏进美国了，即便机票还没寄来。我不知道美国的来信路上要走多久，但总是开心地等待着，做着白日梦，想象着那个全新国家的样子。我希望大卫的父母和他一样善良亲切，但同时也完全相信我可以照顾好自己。

第二天早上，我大失所望。来旅社的不是大卫，而是另一

第3章 在敌人的国度 *175*

个高大的美国士兵,名叫瓦切克。他会说与波兰语有些相似的捷克语,所以我们也能交流。他说,大卫被派往日本了,临走前请他给我带一个包裹,并托他照顾我。包裹里装满了犹太洁食。我想,大卫可能走得很急,还没来得及联系他的父母。

我不想因为失望而失态,镇定地问瓦切克,如果想找犹太人,我应该去哪里。

"去哈雷试试,"他说,"那个城镇要大得多,我试试从总部帮你争取个许可吧。"

第二天,瓦切克递给我一张旅行许可证,说:"看你能不能遇到一些集中营的幸存者,和他们一起。我不能带你过去,因为得一直驻扎在这里。希望你好运。"

我很感激瓦切克的帮助,但也很高兴他不能陪我。我照顾自己已经是轻车熟路,也不怕一个人上路。

一想到可能在哈雷遇到犹太人,我就激动起来。我心想,是不是真的有其他的犹太幸存者呢?希特勒曾说,要是到1944年,还有犹太人活着,他会向其致敬;现在那个时间早就过去了。我明白,战争还未结束,但也听说很快就会结束了。

我收拾好所有的细软,和佩尔穆特夫妇告了别,坚定地认为自己永远不会再回来了。很快,我就跑在去车站的路上了。脚步十分轻快,我几乎飞了起来。真是迫不及待地想要离开这里。

火车上挤满了悲伤的面孔。人们彼此相望,神情沮丧。

我在一位老妇人身边坐下,她立刻就用德语问我:"眼下可糟透了,是吧?"

我决定不回答她,很快就睡着了。我梦到自己自由了,一定还说了些梦话,因为老妇人突然问道:"你说你叫什么来着?"

"你什么意思?"我很戒备地问道。

"你刚说你不叫斯蒂芬妮什么的。"她回答道。

我直了直腰板,昂首挺胸,一字一顿地大声说道:"确实不是。我不叫斯蒂芬妮·伊夫凯维奇,我叫玛拉·索雷尔。"

"你的名字真有趣,不是德国名字。"

"不,不是德国名字。"我缓慢而清晰地回答,她和车厢里每一个人一定都能听到我的话。

她朝我投来奇怪的目光,但没再说话。即便自己的国家败局已定,和外邦人交谈依然有损她的尊严。

我肚子很饿,又看到这个德国女人带了些苹果。她也发现我在不断瞟那些苹果,虽然已经公开表达了敌意,却也不情不愿地递给我一个。

"非常感谢。"我自足地微笑着说。我一定要继续吃吃喝喝,继续活下去,尤其是现在我能活下来了,不用去死了。

我的"P"标已经移除,变成装在口袋里的纪念品。我感觉自己越来越自由了。玛拉赫就坐在我身旁,我轻轻抚摸着她。我的"双重生活"终于结束了,我可以骄傲地向任何人,向所有人宣布我的真实身份。

我觉得火车行驶得实在太慢,我迫不及待想快点到目的地。我看着窗外,欣赏着美丽的风景。沿途生长着许多可爱的树木和花草。阳光明媚,我相信它是为我而照耀的。

终于,火车车身一晃,停了下来。我从打开的车窗望出去,看到一个路标,写着"哈雷"。哈雷比我之前所在的镇子要大很多,车站里人潮熙攘,大家看上去都很紧张焦虑。我对此并不惊讶。他们的伟大祖国正在沦陷。每个人都很着急,向四面八方推挤和奔跑。他们很可能是在逃离哈雷,前往仍然被德国控制的领土。但我知道,德国坚持不了多久了。

我拿出自己的身份证,想着如果真正的斯蒂芬妮·伊夫凯维奇发现我用了和她一模一样的名字,会说些什么。我脸上浮现出笑容。我还活着,而战争也快结束了。我开始想象自己最终会回家。内心突然一阵颤抖,将我带回现实。家?没有人在那里等我。现在,何处是我家呢?

我离开站台,看着来往的行人,隐隐盼着能遇见什么人。我想起自己的许可证只能单程,有点担心,想着应该找个住宿的地方过夜。

我找到了当地的警察局,负责的是被美国指派的德国警官。他请我坐下,拿身份证给他看。

看过之后,他说:"你是波兰人。很快就可以回家了。你在德国待了多久?"

"两年半。"我告诉他。

"那很长了,"他说,"不过还没长到能把德语说得这么好。真想不通,你甚至长得很像德国人。"

"我知道,"我说,"这两年半里,我就用这副面孔骗过了很多人,一直假装自己是另一个人。"

"那,你真名叫什么?"

"我叫玛拉·索雷尔。"

"我觉得这不太像波兰名字啊。我得打电话请示一下上级。你说不定犯了什么罪呢。"

"打给你的上级吧,"我对他说,"要按我的意思,你打给全世界都可以。我要让你们所有人知道，我犯下的唯一罪行，就是没有向那些纳粹杀人犯承认我是犹太人。"

警察突然表情大变。他露出灿烂的笑容，双眼惊奇地瞪大了，甚至摘了帽子。

他拿起电话，迅速拨了一个号码。

"格特鲁德，"他说，"我这儿来了一位非常重要的访客。你来带她回家。一定让她好好吃点东西，问问她想做什么。"

他挂了电话，我说："求您了，长官，我来这儿的真实目的，就是想看看您能不能帮我找到一些幸存的犹太人。我镇上有个美国士兵告诉我，就在哈雷，有些集中营的幸存者。"

我其实并不太清楚到底什么是"集中营"，想象中，应该有很多人一起生活在那里吧。"我很遗憾以前不认识他们，"我说，"不然我会努力和他们一起去的。"

"你不认识才最好，亲爱的孩子，"他面目阴沉地回应，"作为德国人，我羞于告诉你那些人在集中营的遭遇。"

直到当时当地，我才开始理解佩尔穆特夫人对我说的莱比锡犹太人的情况。他们遭遇了多大的痛苦啊！当时，我并不想知道，而且我也必须在佩尔穆特夫人面前装出一副不在乎的样子。而此时此刻，将近五十年过去了，我仍然对自己的满不在乎羞愧难当，尽管在当时很有必要，但也同样是错误的。

佩尔穆特夫人一定觉得我非常无情吧。但我当时别无选择。那天晚上，她跟我谈话时，我的心脏都差点停止了跳动。我完全是靠着天生的演技，支撑着自己不要崩溃。

不久，一个态度和善的女人走进警察局，说自己就是格特鲁德。她邀请我去她家，还提出帮我提行李箱。

第3章　在敌人的国度　179

我用最友好的态度感谢了她,但不许她动我的行李。不过我明白,既然她丈夫现在被任命为警察局长,他就不是纳粹。

我们来到格特鲁德的家中,她给我端来一些肉,但我说要是有一片面包配黄油,再来点咖啡,会更好。她用奶制品为我做了美味的一餐,还坐下来和我一起吃。她简直和埃尔哈特夫人一样和蔼可亲。

"我丈夫说我接待的是非常重要的访客,"格特鲁德说,"你难道是他的亲戚吗?"

我大笑起来:"不,我不是他的亲戚。我是犹太人。"

格特鲁德的双眼突然溢满了忧伤。"你这可怜的孩子。"她边说边拥抱了我。很快,她讲起一个我已经很熟悉的故事。

"我丈夫、我,还有另外一些家庭成员,都在黑名单上,因为我们没有加入纳粹党。要是我们国家赢了战争,我们会是什么下场,谁知道呢?"

接着,我又给她讲了故事,讲佩尔穆特先生因为打招呼时不说"希特勒万岁",遭遇了士兵威胁。士兵说:"等战争结束再说吧。"

"你比实际年龄成熟很多。"格特鲁德说。

"我从十二岁半起就得自己照顾自己了,"我对她说,"要给自己当爸当妈。"

"可怜的孩子。"她又喃喃道。

一开始,我还没法完全接受她的善意。我还记得德国人在波兰的所作所为。然而格特鲁德没有丧失人性,她很善良,有一颗柔软的心,这让我十分惊讶。

不一会儿,格特鲁德提出,我可以在他们家住一小段时间。她带我去看了家中美丽的大花园。那精心维护的草坪与花坛，让我差点就动心了。从很小的时候起，我就特别喜欢花花草草；这个花园里还有果树，就像艾布拉姆舅舅家的园子。格特鲁德摘了些黑莓递给我，很快又向我讲起自己的家人，我认真听着，表示对她的话很感兴趣。

"我们家有三个人呢，"格特鲁德说，"丈夫、我和儿子。战争快结束了，儿子现在也回家了。但我们家房子太大了，所以你也能住下。"

我在她家休息室看到过一张照片，里面的年轻小伙身穿军服。军服上没有奖章或绶带，我猜想他应该不像他的大多数朋友那样，在战斗中表现突出或者有什么英雄事迹。

他只是个普通的低阶二等兵。旅社里的士兵们曾经哼过一首嘲笑二等兵的小曲儿："走开，走开，你只是个小喽啰。"这首歌的本来目的是鼓励士兵们英勇作战，表现突出。格特鲁德的儿子没能成功，因此一直都是一个二等兵。

"感谢你的好意，"我对格特鲁德说，"但我太渴望和同胞团聚了。我就是因为这个才来的哈雷，想见到犹太人，见到集中营的幸存者。你知道去哪里能找到他们吗？我太想见到犹太人了。格特鲁德，请你帮我找到他们。"

"先暂时别管你的行李，跟我来。"她说。

我们一起离开了她家，走过一片高高的带刺铁丝网围起来的营地。铁丝网后面有很多人。走近了，我才注意到，他们都很憔悴，像是行走的骨架。每一个看起来都很像我给送过食物的广场上的苏军战俘。我没有看到孩子或老人，也明白这是因为他们都没活下来。

第3章　在敌人的国度　181

所以，他们就是集中营的幸存者！我不信！他们竟然还被德国人看守着。不过，这些其实不是纳粹的集中营看守，而是被美国人派来的士兵。我想，看守犹太人是想确保他们不对当地居民进行复仇。我觉得这种预防措施根本没必要，因为这些可怜人已经没有任何力气做任何事情了，他们只能坐在那里，空洞茫然地看着某个地方，回忆着之前承受的一切痛苦。

我真想赶紧和他们相认。但无论多么努力，我都没法吸引他们的注意。他们总是把目光转向别处。

"有人能跟我说说话吗？"我往铁丝网那边喊话，"我想找个人说话，因为我也和你们一样，是犹太人。"

我试了意第绪语、德语、波兰语，甚至还说了点俄语，但都无济于事。他们用手势示意我不要打扰他们。他们肯定以为我是个调皮的德国女孩，专门来取笑他们。毕竟，我穿戴体面，看样子也不愁吃喝。一个犹太女孩怎么可能看起来这么健康？

我怀着深深的失望，转身回到格特鲁德的家中。

尽管格特鲁德温柔善良，我仍然不想住在她家，因为短短几天前，这家里还有一名成员是德国士兵，即便只是个二等兵。我站在那里，看着那年轻士兵的照片，脊梁骨蹿上一阵寒意。我想起那些士兵在塔尔诺格鲁德残忍地杀害了那个小男孩；而我眼前这个，和他们穿着一模一样的军装。

格特鲁德看穿了我的心思，说："我们的儿子从没做过任何过分的事情，我们把他教育得很好。你也知道，所有的德国小伙都得强制参军。但他绝不会折磨别人，因为他是我们家出来的。"

他一定是做了逃兵，我想；否则，他应该还在参战，因为柏林还未沦陷。

但就算他是个逃兵,我也不会留下来见到他。我还在德国,还很害怕。而在这世上,我已是孤身一人。他随身一定还带着枪,要是他决定一枪毙了我,不会有任何一个人思念我。有那么短短的一刻,我甚至想象格特鲁德的丈夫把我送到他们家,目的就是要枪毙我。但我看着格特鲁德善良的双眼,就打消了这个念头。在此之前她有那么多机会可以伤害我,但却帮了我那么多忙。

我稍微思考了一下之后怎么办,接着感谢了格特鲁德的善举,回到警察局,请求获得回旅社的旅行许可。我不太确定佩尔穆特夫妇还会不会要我回去,而且要对他们提出这种要求真的很丢脸。但我没有选择。目前我并无别处可去。

"您能为我发一张回家的旅行许可吗?"回到警察局,我问格特鲁德的丈夫。

"所以你决定回去,是吗?"他语气里带着关心,"要是佩尔穆特夫妇不要你回去,你要怎么办呢?"

"那我就去找美军,找那个捷克士兵,看他怎么说。"

"我看得出来,你已经下定了决心,"他说,"但我恐怕是没有签发旅行许可的权力。这个你得去找美军总部。"说着给我指了方向。

"我今天值班,"他说,"不然我就亲自带你过去了。但看你的样子,你哪里都能找到。"

"是的,"我说,"我能找到。经历了这一切,我已经很独立了。"

他祝愿我今后一切顺利,并向我告别。

第3章 在敌人的国度　183

第4章　回到波兰

28. 麻烦在后

我来到美军总部，这栋建筑的周围有很多挂了美国国旗的帐篷。外面站了几个哨兵，所以我犹豫了几分钟。不过，他们看上去很和善，我终于还是走到他们面前。

哨兵们用英语问我问题，我没有回答，于是他们示意我离开。无奈之下，我在纸上画了一个大大的"大卫之星"，高高举起，同时指着自己。有个士兵很快就明白了，快速步入帐篷。过了一会儿，他出来了，示意我跟他进去，还一直盯着我。

我尽量表现得无所畏惧，跟着他来到一个勋章累累的军官旁边；军官的一条腿上缠了厚厚的绷带。我分别用德语、波兰语和意第绪语与他交谈，但他好像一点儿都听不懂。他应该只会英语吧。

但我高兴地看到，他对我露出友好的微笑，指了指他那张小床边的椅子。我坐下来，给他看我这趟用的旅行许可证。他很好奇地打量我。一番手脚比画之后，我成功解释了自己需要一张回程的许可证。不出所料，他签发了我要求的文件；我真为自己骄傲，在不会说对方语言的情况下就成功了。

一想起要回去的是旅社，我的骄傲就烟消云散了。我反感的不是佩尔穆特夫妇，那里只有他们对我好。只是想到要回去面对其他工人，我心里就充满恐惧和羞耻感。一直以来我都很讨厌那家旅社，因为它代表了我在德国期间承受的所有苦难。

我还需要考虑一个问题，就算以前佩尔穆特夫妇对我很好，这次可能也不允许我再进入旅社。战争快结束了，他们可能已经用不着我了。但已经经历了六年战争的我，绝不会任由恐惧停下脚步。现在尤其不会，因为我已经是个自由人了。

说到底，无论他们是热情地欢迎我，还是把我拒之门外，我都别无选择，只能试一试。

我登上了前往旅社的火车，整个人被悲伤所淹没；这种感觉在旅程中一直存在。我想起了前往哈雷时的喜悦，重获身份并自豪宣布自己名字的感觉实在太好了。而现在的我，又不得不再次使用那张"斯蒂芬妮·伊夫凯维奇"的身份证，因为没有它，我就无法旅行。前往哈雷的路上，我满心希望能见到犹太人。但我一个也没见到，这是最大的失望。

小镇的街道和旅社里的面孔，这些熟悉的东西并没有缓解我的悲痛。为了散心，我决定去拜访埃尔哈特夫妇，于是抱起玛拉赫，快步走到他们家。

他们见到我很高兴，以为我是来和他们一起住的。聊了一会儿，我又向他们道别。

"我要去佩尔穆特夫妇那边看看，"我告诉他们，"但我可能会回来。"

要是佩尔穆特夫妇决定再也不收留我了，我还有个地方可去。

但我大大松了口气，因为佩尔穆特夫妇像欢迎家人一样欢迎我回去，甚至还帮我拎了行李。不过，旅社的工人们对我的回归表达了强烈的不满。喝茶时，佩尔穆特夫人为此道歉，还让我完全不要在意他们。

我真正的身份肯定已经在小镇上传开了,因为第二天早上就有个"波尔特夫人"来找我。自我介绍后,她说:"我和你一样,也是犹太人。想请你见见我丈夫,他不是犹太人,但是个好人。"去她家的路上,我非常兴奋,因为我终于见到了犹太人。波尔特夫人告诉我,盖世太保找她的时候,她躲进了一个德国朋友家里。她丈夫被逮捕,被折磨,却没有透露她的下落。她含泪告诉我,丈夫进过集中营,几天前才回家。

波尔特夫妇家境不错,他们建议我住过来。两人年纪都大了,也不知道死后该把财产留给谁。我向他们解释了犹太血统对我的意义,尤其经历了过去六年,这意义就越发重大。我见证了另一种文化多么残酷如野兽的一面,比以往任何时候都想要重新去发现自己的民族。我清楚,要是接受了他们这个慷慨的提议,我一定会在物质享受当中,慢慢失去自己的犹太特性。

波尔特夫妇深受触动,感谢我做出了这番解释,并说虽然他们很希望我能接受这个提议,但也完全理解我,真诚希望我能宏愿得偿。

"我们老了,失去了一切,"他们说,"但你还年轻。年轻人还能达成不可能的成就。"

留在佩尔穆特家的余下时光,我每天都去看波尔特夫妇。有一次,我告诉他们,我决定回到波兰,希望能在那里找到一些犹太人。波尔特夫人给了我一对很大的钻石耳环,表示如果有需要,这耳环能保证我很长时间的生计。当时的我对钻石一无所知,并没有充分认识到这礼物的价值。那时我唯一想要的"钻石",是已经失去的家人们。不过,我还是把那对耳环好好地收了起来。

5月8日，我们听说战争结束，德国人投降了。我没在工友面前表现出高兴的情绪。就算他们没有对我表示过什么善意，那样做也不对。而佩尔穆特夫妇正直善良，更不应该看到我的幸灾乐祸，我反而应该感谢他们的善良。要是我从哈雷回来时，他们将我拒之门外，我的日子就难过了，说不定会做出不明智的决定。他们的再度收留，给了我仔细考虑问题的时间。

他们没给我派什么活儿，于是我就到镇子的街道上走走。这不是漫无目的的闲逛，我很想再遇到一个犹太美国士兵。遗憾的是，好像一个也没有，或者至少我没认出来。我不会说英语，也没法和美国士兵交谈。但只要看到一个，我就会亮出那张在哈雷画的大卫之星。他们会久久地盯着我，也许想不通一个犹太女孩是怎么来到这个小镇的。语言不通，我也没法向他们解释。但我忍不住对这些士兵，也就是解放我的人露出微笑。这是人人都懂的语言，他们也回以理解的微笑。我一直展示着那张大卫之星，要是士兵中有犹太人，他们就会告诉他这里有一个我。然后这个士兵就会来见我，即便只是出于好奇。

波兰工人们陆续回家，回到父母身边。

"回家后别忘了写你的书，斯蒂芬妮。"他们都提醒我。

"不会忘的，"我说，"谢谢你们帮我提高波兰语。"

"等你回到家，你爸妈会以你为荣的。"他们说。

巨大的悲伤突然袭来，笼罩全身。我感到心灰意冷，对所有亲人的思念更加强烈了。我想象他们都在家里等着我。亲爱的妈妈会端着一碗热气腾腾的汤来欢迎我，并立刻夸我长大了，成熟了。"听听她波兰语说得多么好啊，"她会骄傲地说，"你成了作家吗？谁能想到呢？你真是个勇敢的女孩，亲爱的玛拉。"

第4章 回到波兰　189

她会久久地把我抱在怀里。那感觉会多么好啊。"来我这里。"爸爸会说,接着也会紧紧拥抱我。我多想对他们倾吐心声啊,用只有孩子对父母才有的方式,对他们倾诉。

我猛然从这美妙的幻想中惊醒,我知道,不能做这种白日梦,要接受我早已孤身一人的现实。我必须头脑清醒,这至关重要。

没过多久,佩尔穆特家的邻居们纷纷来到旅社,说他们手下的波兰和乌克兰劳工带着雇主的珠宝等财物一走了之了。

"你们家的斯蒂芬妮还在吗?"我听到他们问佩尔穆特夫妇。

"小心别让她拿走东西,别大意。"

我既不觉得屈辱,也并不惊讶。波兰劳工厚颜无耻地偷了东西,甚至还颇为自豪。他们甚至达成非正式的协定,要偷取雇主们的所有贵重物品。他们邀请我加入协定,我拒绝了,说我是诚实正直的父母养大的诚实正直的女儿。他们不以为意,好像还觉得我很傻。

我并不急于前往波兰,仍然希望能在德国找到一些犹太人。然而,我在镇子上的搜寻一无所获,过了一阵子,我就放弃了。

我去了莱比锡,最后再去那里的动物园看看。"再见了,亲爱的猴子们,"我说,"我终于自由啦。"说着放声大笑。动物园里的人们一定觉得我疯了,但我不在乎。疯了总比像动物一样被猎杀好。我满怀自豪地拦住一位德国老太太,问她:"您知道莱比锡还有没有活着的犹太人吗?"

"犹太人?"她反问道,"去莱尔街10号的会社吧,那里的人也许能帮你。"她显然不是很清楚犹太人的遭遇，还以为一切和战前一样。尽管如此，我还是决定按她的地址找找，碰碰运气。

我很快找到了那栋楼，但里面空无一人，只有一个表情惊恐的老人，从楼上的一扇窗户向外张望。我问他里面有没有犹太人，他没有回答。如果他自己是犹太人，那他至今仍然害怕告诉我。我觉得他的样子很像犹太人，也许还没找到家，所以才躲在莱尔街10号这栋荒凉凄清的楼里。战争期间一定有人把他藏起来了，否则他今天也不会在这里。

我很失望，去了车站，回佩尔穆特家的一路上，没有再跟任何人说话。我得非常仔细地考虑下一步怎么办。要是吉娜还在旅社就好了，我会问问她的。真想念吉娜啊，那个温柔的女孩倾听过我的悲惨遭遇，充满了同情心。

我还没有对那些和我在公园里聚会的波兰女孩透露自己是犹太人。我不太确定她们会有什么反应。要是我说了，她们又会说什么呢？会拥抱我，为我的幸存而欢呼吗？或者会像塔尔诺格鲁德的那位同学伊雷娜一样，非常困惑。"玛拉，你还活着？"她当时问我，"所有的犹太人都被杀死了。"我想起她父亲想把我交给德国人。不，我暂时还不能告诉她们。今后相当长的一段时间，只要需要，我仍然会假装成斯蒂芬妮·伊夫凯维奇。

我听说最后一批波兰劳工也要离开德国，回去找家人了，于是参加了他们在公园的一个小聚会，就在我们通常会面的地方。

"你是卢布林来的，"一个叫安妮拉·斯塔特耶夫斯卡的女孩说，"我们一起走吧。"

第4章 回到波兰　191

"听上去不错,"我说,"但你能不能收留我一段时间,因为我还不知道要去哪里。"

"恐怕不太可能。"她回答。

我意识到,自己又是孤立无援了。唯一的不同是,我已经长大了很多,更有能力照顾自己了。

我没有钱,但有了很多的衣服。更重要的是,我勇气满怀,六年的痛苦生涯也未能夺走它;这比金钱更有价值。

我回到旅社,为离开做准备。一时兴起,我请佩尔穆特夫妇来看着我收拾行李,这样他们就能确定我只拿了自己的物品。那时我还不知道,这个举动有多么明智。

"拜托,"我恳求道,"先去清点下你们的珠宝,免得别人拿走了说是我干的。"

"你离开这里,要去哪儿?"佩尔穆特夫妇问我,他们很了解我的艰难处境。

"你们也知道,"我说,"我是个勇敢的斗士。一定能在某个地方找个容身之处。"

过了一会儿,佩尔穆特先生递给我300马克。"很遗憾,现在这已经不值什么了,"他抱歉地说,"因为德国马克大幅贬值了。"

我不敢相信自己的好运,衷心感谢了他。

"你一直是个勤奋的好帮工,"他说着又塞了个信封到我手中,"来,这封信你一定也得拿着,给火车站的搬运工看。你一定要这么做,很重要。"

我很好奇,信封里会是什么呢?那时我根本不知道,他给了我多么重要的一封信,将会发挥多大的作用。

我感谢了佩尔穆特先生，并与所有人愉快地告别，带着熟练的波兰语和数量相当的个人物品踏上了旅程。行李箱里装满了那善良的裁缝为我做的漂亮衣裙。去火车站的路上，我去向她告别，但她没在家。门上有她留下的字条，只是简短地写着"走了"。我很不解。为什么在我要离开的时候，她就消失了？我很想感谢她的善举，还想保证今后要和她保持联系；但她就这样神秘地消失了，和她那天神秘地出现在街上，邀请我去她家一样。

我站在那里，为没有和裁缝好好告别而感到遗憾，却感觉有什么东西在摩擦我的脚踝。我转过身，看到亲爱的朋友玛拉赫，于是抱起她来，一起出发了。我并不是孤身一人。

我来到车站，按照之前的叮嘱，把佩尔穆特先生的信交给了搬运工。他撕开信封，认真读了信。之后用善意的目光看了我一眼，把信递还给我。"你这封信不错，斯蒂芬妮，"他说，"这是你的东西，收好。把你的行李拿进去，坐好吧。"

我很确定，到现在，镇上所有的德国人都已经听说我是犹太人了，所以很惊讶于搬运工的善意。

"佩尔穆特夫妇一直对你评价很高，"他礼貌地说，"你真是个好女孩；父母见到你也会很骄傲的。一路顺风，亲爱的。"

我上了火车，一群波兰男女莫名其妙地上前来骚扰我。

"你难道不知道，不允许带任何随身行李吗？"他们声色俱厉地说。

"是搬运工准你带进来的吗？他不让我们随身带包。我们只能把行李放在最后一节车厢里。"他们说。我不明白，为什么只有我一个人可以随身带行李。

第4章 回到波兰 *193*

这些人很嫉妒我，我害怕起来。又回去找搬运工，想问问他是不是搞错了。他说他没搞错。负责人是他，而不是火车上那些人。我不理会他们的问题就好了。

我多少感觉轻松了些，又带着行李回到火车上坐下，开始读佩尔穆特夫妇的德语信。

> 她，斯蒂芬妮，玛拉·索雷尔，是个诚实且勤奋的工人，她的工作让我们十分满意。她的行李中只有属于自己的财物。
> 签名：弗雷德里克·佩尔穆特先生。

我翻来覆去读了好几遍，才慢慢理解了这封信的意义。我想起佩尔穆特的邻居们抱怨工人带着雇主的珠宝和其他贵重物品一走了之。当时我真高兴让佩尔穆特夫妇亲眼看我收拾行李，所以他们才写了这封信。要是没有信，他们也不会允许我随身携带行李。我立刻明白了，那些波兰男女的行李是到不了波兰的，而我会随身带着。比起他们，我更需要行李，因为他们还有那么多家人可以帮忙；而我没有家人，身无长物，只有衣裙和一些物品，可以换取食宿。

火车终于开动了，离这个熟悉的地方越来越远，每个人都唱起了波兰歌曲。其中一首是"妈妈，请等着我们，我们终于要回家和你团聚了"。我没有和他们一起唱，只希望至少能交一个朋友，聊聊天。

我看着窗外美丽的风景和五颜六色的花儿；又在一张废纸上写了首诗，说我现在自由了，对家人的思念之情越发浓烈。

写着写着，我抬起头来，突然看见玛丽西亚朝我走来。她身边跟着丈夫，还有一个我之前没见过的男孩。

"斯蒂芬妮！"玛丽西亚说，"这是我丈夫的表弟迈克尔。前面还有好长的路，你俩有很长时间可以聊天。"

"亲爱的玛丽西亚，我忙着写东西呢，"我对她说，"我只有一个人才能集中精力，你懂的吧。"

"等你回了家，有的是时间写东西。"玛丽西亚的丈夫一边找座位，一边说。幸好我旁边的位置已经有人坐了，但他们竟然就坐在了我的正对面，让我沮丧不已。

我很不自在，也相当担心。说不定他们一直都知道我是犹太人，之所以不对德国人透露这个秘密，是因为迈克尔希望有一天能娶我。他们一定觉得在波兰能轻而易举地强迫我结婚。说不定他们甚至会绑架我。

一开始，我和玛丽西亚交朋友，是因为她显得不太聪明。但现在我怀疑起自己结交她是否为明智之举。我很确定玛丽西亚是真的喜欢我，但她也想让我和她结亲。我坐立不安，尤其我还没决定究竟在波兰什么地方落脚。那里我唯一熟悉的地方只有小镇塔尔诺格鲁德和周边的小村庄，波兰这个庞大的国家对我来说很陌生。

我没有人可以投奔，也不敢向谁倾诉。他们对我充满敌意，因为搬运工允许我随身携带行李。我又提醒自己，那些波兰男孩一直觉得我太骄傲，总是拒绝和他们出去。眼下他们自然也不会帮我。我仔细打量了所有女孩的表情，决定也不要信任她们中任何一个。

"你要把那只猫带回波兰吗？"玛丽西亚问道。

"是的,"我告诉她,"我要带她回去。"

"我想告诉你个秘密,亲爱的斯蒂芬妮,但请别生气。你也知道我多么喜欢你,欣赏你。我们的一些波兰朋友觉得你很奇怪。那么喜欢那只猫,却不喜欢男孩子。很抱歉地告诉你,他们在背后取笑你。"

听了这话,我开始充满爱意地抚摸玛拉赫,又转而担心回到波兰,她丈夫和表弟会想杀了我的猫。但我觉得他们无法得逞,因为玛拉赫似乎是一只永生的猫咪。

"这是我们家的猫,"我对玛丽西亚说,"一直是我负责喂,后来决定最好我去哪儿都带着她。"

我必须得努力摆脱这个新的敌人,还不能冒犯到她。

"请原谅,"我说,"但我得继续写东西了。"

我写了几个字,让纸面完全展露在他们的视线中,尽管去看好了。我开始给妈妈写信:"妈妈,我终于要回家见到你了,请为我准备丰盛的一餐。"

接着我又决定,既然他们认为我很奇怪,那我就奇怪给他们看。我站起来,在车厢里跳起舞来,还一边牵着玛拉赫,仿佛她是我的舞伴。他们都觉得很好玩,一起跳起来,可我又坐回去了。

"你看起来不太高兴呢,亲爱的斯蒂芬妮,"有人说,"你为什么不跟我们一起聊天唱歌呢?想想终于要见到父母了,你不激动吗?"

"我头疼。"我说。

"你肯定是激动过头了,"他们说,"以前也没见你头疼过。"

"说不定她是需要戴眼镜了,"一个男孩猜测道,"可能她一直写东西,把眼睛写坏了。"说完他哈哈大笑起来,结果大家都来开我的玩笑。

不一会儿,他们又讨论起从雇主那里拿的贵重物品。一个女孩兴奋地低声说,她行李箱里的东西有一半都不属于自己。

"我拿了夫人的珠宝,"一个叫汉卡的女孩说,"真不知道他们发现的时候会说什么。"

"我也是,"另一个说,"我只拿最好的东西。现在已经足够给我全家和所有的朋友送礼物了。他们见到我该有多高兴啊。"大家都开怀大笑。突然,一个女孩问道:"你呢,斯蒂芬妮?你从佩尔穆特家拿了什么?"

"我什么也没拿,"我告诉他们,"因为我的家人什么也不需要,他们什么都有了。"

"听听,"一个叫作尤雷克的男孩说,"她家什么都有。你家可真富裕。打了六年的仗,他们还什么都不缺。真是幸运的家伙。"

"你还是应该多少拿点儿,"有人说,"我们无偿地做了这么多年苦工,他们的贵重物品被拿走是活该。"

"你说得对,他们活该,"我说,"但偷东西的话,我良心上过不去。"

"你一直都与众不同,甚至都没和男孩子出去过。你只跟玛丽西亚和她丈夫来往。你以后不想结婚吗?"

我笑而不答。

"你的书写完了可别忘了寄来看看。"他们都语带嘲讽地说,又给了我他们的地址。

"你的地址呢?"他们追问。

每个女孩都交了男朋友,很快就会结婚。每个人都希望我去参加婚礼。

"别忘了邀请我们去你的婚礼。"她们说。车厢里唯一满脸不悦的,是玛丽西亚的丈夫和他表弟。他们盯着我的目光真叫人害怕,我决定在他们之前下车。

"我想先去上大学。我还太年轻,不想就这么定下来。"我说。

"你的坏继母呢?"玛丽西亚追问道。

"她死了。"我告诉她。

火车在离克拉科夫不远的地方停下,方便我们上厕所,也伸展下双腿。

"看哪!"一个男孩突然惊呼起来,"我们的火车变短了。行李车厢没了,肯定留在了德国境内。现在我们什么都没了,自己的个人物品都没了!"

所有人都垂头丧气。一个女孩说:"你很幸运,斯蒂芬妮,你的行李还在。不过你的东西可能也不值什么钱。我们的可都值一小笔钱呢。"

"是啊,我的东西都不值什么钱。"我说,担心他们会因为嫉妒从我这儿抢东西。

没人对我做出任何举动;我又担心他们可能会在我下火车时抢东西。我知道大部分人都要在卢布林之后再下车,所以我决定先留在克拉科夫。

我在车站站了很久,这里有那么多陌生人等着前往不同的城镇,而我是这样形单影只。不知道我的朋友玛拉赫怎么样了,因为过去一个小时左右,我没有在火车上看到这只猫。她和之前几次一样,非常神秘地消失了。

"不好意思,年轻的女士。"一个声音突然响起。

我吓了一跳,转过身,看到一个中年男子向我走来。他像是突然冒出来的,看起来倒是很和善,但我很害怕,不敢回答这个陌生人。

"你在等人吗?"他问道。

"我姑姑应该来接我的。不明白她为什么还没来。从德国一路回来,我很累,很想在进城找家人之前,先找个便宜干净的旅馆,住个一两晚。"

"我有辆马车,"他说,"你要是愿意的话,可以和我妻子还有女儿住一起。我们家挺大的,收留年轻女孩住宿。"

我告诉他,我想在决定住宿之前,先见见他妻子。

"完全没问题,"他说,"我们赶车回家吧,到时候你就见到我妻子了。"

"我没钱。"我说。

"我们现在很缺衣服。你就用一件衣服来付钱吧。你有多余的衣服吗?"他问道。

"我只有一件多余的衣服,可以换几天住宿吗?"我说。

"可以。"他说。

接着他带我来到马车旁,我在旁边看着他把自己像马一样地套上。我舒舒服服地坐在车里,他拉着车跑,手上拿着我珍贵的行李箱。我想起玛拉赫,她究竟去哪儿了呢?

跑了一小段路,他停在了一栋很大的房子前,让我跟他进去。我告诉他,在进门前,我想先在外面见见他的妻子。他很快就把妻子和两个可爱的女儿带了出来。妻子自我介绍说叫亚当斯基夫人，并邀请我进去。我分到一个房间，里面还住着两个女孩，也刚从德国回来。

一天后，玛拉赫出现了。接下来的几天，我都和她一起在克拉科夫的街道上走啊走，寻找犹太面孔。我们去了咖啡馆和公园，还站在街上观察所有的路人。很快，在与许多波兰人交谈后，我发现，波兰的反犹情绪，仍然和以前一样高涨，甚至更甚。

一天，我一边看商店的橱窗，一边和一个女孩聊天，她想邀请我去她家。我犹豫着要不要跟她走，因为我害怕陌生人。于是告诉她我那天去不了。"我改天再来看你。"我答应她。

她把家里的地址给了我，说随时欢迎我去。

终于交了个朋友，我很高兴，决定不久后就去看她。我也不知道"不久"是多久，因为我突然看到玛丽西亚的表弟迈克尔正在远处。他很快就追了上来，跟我攀谈起来。

"还记得我吗，我是玛丽西亚的表弟。"他一边朝我走来，一边问道，"我看见你在克拉科夫下了车，决定跟着你。我听说过你很多事情，知道你是个很害羞的女孩，特别不善于交际。相信我，我在比特费尔德见过很多女孩，但对任何一个都不感兴趣。"

我什么都没说，他自顾自地说了下去。

"是不是我的个头吓到你了，斯蒂芬妮？我也没法让自己变矮小，但我向你保证，只要同意嫁给我，你一辈子什么也不会缺。我家在战争期间发了大财，斯蒂芬妮。我又是独生子。你想不想住在扎莫希奇的一栋漂亮房子里？"

天哪！我心想。他居然是我们的邻居。扎莫希奇离塔尔诺格鲁德不远。

现在我非常确定了，他丝毫没有察觉到我是犹太人。他甚至可能以为我在克拉科夫有很多亲戚，可能是要在回家前来探探亲。我想得很清楚了，一定是玛丽西亚告诉他克拉科夫不是我的家乡。

"拜托你，"他恳求我，"今晚我能带你去看个电影或吃个饭吗？你来选，斯蒂芬妮。"

我觉得，要是让他知道我一点也不感兴趣，那有点不太明智。最好是先敷衍他一段时间，等他对我失去兴趣，或者等我在偌大的波兰甩掉他。

"今天我是没法跟你去了，"我看了看表对他说，"我已经有约了，要在一小时之内赶到。"

真是幸运，我手里还拿着那个女孩给我的地址。我朝遇到的第一个人打听了路线。迈克尔跟着我，亲眼看着我进了那家的房子。他记下了地址，觉得不急于一时，因为已经知道我住哪儿了。

看着他走后，我向新朋友告辞，告诉她第二天上午十点还会回来。"我得回家了，"我对她说，"妈妈还在等我呢。"

一路上，我把头发梳成了一个发髻，这样从远处看就像另一个人似的。我很怕路上再遇到迈克尔，但没有。

我回到亚当斯基家，告诉他们有个男孩在追我。要是他跟到这儿来了，请他们温和地告诉他我已经离开。我再也没有去看那个女孩，很怕再见到迈克尔。我还决定再待一段时间，给迈克尔一个机会，说不定他会先离开克拉科夫呢。

第4章　回到波兰　201

一个半星期后,我用一件旧羊毛衫和一条裙子结清了亚当斯基夫人这里的住宿费。那时候,这两件衣服在波兰还值一笔小钱呢。我决定前往卢布林。收拾好行李之后,我请亚当斯基先生用马车载我回火车站。

到了卢布林,我想知道这里还有没有幸存的犹太人。战前,我的一些亲戚就住在这里,真希望能找到他们啊。我还希望能遇到好心的波兰人,他们会可怜我,愿意收留我一段时间。我很清楚自己的处境多么艰难,尤其我还是个女孩。但我很高兴自己仍然心怀希望,一如既往。

我还不知道从何下手。玛拉赫再次伴随我左右,但她把思考的任务全部留给了我。

29. 士兵桑福德

阳光灿烂,我太需要休息了,赶紧坐在行李箱上。无论如何,我带着行李也走不了多远,况且我还不知道自己该往哪里去。我犹豫着不知去往哪个方向,过了一会儿,决定暂时原地不动,要是再遇到一个亚当斯基先生就好了。我在车站的前庭站了很久,一副在等人的样子。

几分钟后,我看到一个波兰士兵向我走来。他越走越近,我觉得他的样子很像犹太人。我还是噤若寒蝉,决定不开口问他任何问题。相反,还是装天真地搭话比较好。

我怯怯地对他说:"我刚从德国回来,父母没有来接我。"

"我也没法帮你,"他说,"但愿意的话,我可以告诉你警察局怎么走。他们说不定能帮你。城里新来了很多人。"

"你是从哪里来的呀?"我故作天真地问道。

"我在苏联待了一段时间,"他说,"然后参了军,打德国人。"

"你杀了很多德国人吗?"我突然问道。

"没有到我想杀的那么多,"他说,"你这样的年轻女孩,问出这样的问题,真是有趣。这跟你又有什么关系呢?你看起来衣食无忧,肯定没经历过什么痛苦,不像我的……"

他渐渐没了声音,但我知道他是想说"我的同胞"。现在毫无疑问了,他一定是犹太人。

"你的家乡是哪里?"他友善地问道。

"我是塔尔诺格鲁德人。"我犹疑地告诉他。

"我听说过塔尔诺格鲁德,"他说,"但你去德国干什么呢?"

"我自愿申请过去做劳工。"我告诉他。

"你一定是在家太不开心了,那么小就离开了。"

"我必须离开波兰。"我告诉他。

他很感兴趣地打量起我来,似乎已经开始怀疑我没有完全说实话了。

"我觉得你看起来更像德国人,不像波兰人。"

"我德语说得很好,"我告诉他,"但我不是德国人。我也永远不想属于那个民族。"

"你在那里的时候,他们显然把你照顾得很好。你这么个

第4章 回到波兰 203

年轻女孩,穿得很好,看上去吃得也不错。"

我看得出来,他是在打探我的真实身份。

"你确定有人会来接你吗?"他突然问道,"塔尔诺格鲁德离卢布林很远。也许你应该先去扎莫希奇?那儿离塔尔诺格鲁德更近。"

迈克尔提过扎莫希奇的房子,我快人快语地告诉那个士兵,我对去扎莫希奇不感兴趣,在那里也并无亲友。

"完全可以理解,"他说,"你这样的年轻女孩,除非绝对必要,否则独自上路也太不安全了。不过,我看你好像特别能照顾好自己。我有个你这么大的妹妹,她以前也绝不可能像你这样独自在外旅行。"

"她怎么了?"我发现他用了"以前"二字,追问道。

他犹豫了一下才开口:"她已经不在世了。"

"那你们家其他人呢?"我问道。他装作没听到,没有回答我的问题,只是用严酷的眼神看着我,说道:"和我一起去小餐吧吃点东西。吃东西的时候给我讲讲你的事。"

我跟着他来到一家餐馆。里面有很多士兵好像都认识他。我们很快找到了空座,我环顾四周,突然就呆住了,因为迈克尔就坐在附近的一张桌子边。他一定一直都在跟踪我。我得迅速做出反应。必须得有人保护我。

这下我没办法了,只能告诉这个士兵,有个危险的男孩一直在跟踪我,想伤害我。我表示迈克尔就在餐厅里,还描述了他的样子。

"我们会很快结束这种状况。"士兵说。

他走向一群穿军装的朋友,请他们都到我们这桌来,假装他们也都是我的朋友。迈克尔不会冒这么大的风险来骚扰我。

计划很奏效,迈克尔突然起身离开了。不过走出门之前,他向我投来仇恨的一瞥,还说:"等你身边没有这么多拿枪的士兵了,我会再找到你的!"

其他士兵很快回自己那桌去了,又只剩下我们俩。我们点了餐。我点了黄油面包配咖啡,同时发现这个士兵点的也都是洁食。

"你叫什么名字?"他问我。

我没有马上回答。

"你不敢告诉我叫什么吗?"他说。

"我现在叫斯蒂芬妮·伊夫凯维奇,但以前叫玛拉·索雷尔。"我实话实说,但又担心这样做是否明智。这一步我好像走错了,他突然变得对我很不友好。现在我该何去何从呢?迈克尔还在附近潜伏着呢。

我抚摸玛拉赫寻求安慰。那个士兵问我:"你为什么带着一只猫到处走?"

"这只猫是我最好的朋友,我叫她玛拉赫。"

听我说出了猫的名字,士兵难以置信地瞪大了双眼。有好几分钟他都说不出话来。"天哪,是真的!"他说,"玛拉赫是希伯来语'天使'的意思。你是犹太人。"

我点点头。他激动起来:"我几乎可以想象你经历了什么。你是家里唯一的幸存者吗?你应该可以假装基督教女孩活下来,我一点也不惊讶。你确实长得很像。你刚才说了猫的名字,我才肯定你是犹太人。我也是犹太人。我知道塔尔诺格鲁德,是因为我的姨妈查亚嫁给了那个镇的一位教师。她是二婚。丈夫名

第4章 回到波兰 *205*

叫杨奇·阿克斯特。"

虽然我从一开始就怀疑他也是犹太人,此时却怀疑自己听错了。"杨奇·阿克斯特?杨奇·阿克斯特是我外祖父!你叫什么名字?"

"桑福德,"他说,"来吧,我们走。我带你去犹太学校。那里会有人帮你。那个波兰男孩也不会再骚扰你了。"

"他是乌克兰人,"我对桑福德说,"他说他父母在战争中发了大财。"

"这话我倒是相信,"他说,"但你别担心。我们士兵会把他吓退,他再也不敢来了!"

我们往犹太学校走去,我心想,这又是个奇迹,于是感谢哈希姆又一次救了我的命——这次是从乌克兰人那里。我仍然想不明白,为什么在我们全家人中,哈希姆偏偏选中了我,保佑我活了下来。我的爸爸妈妈、哥哥和姐妹们,都是比我好得多的人。为什么哈希姆只把我锤炼得无所畏惧?赐予我这么多的勇气和力量,熬过了所有的痛苦?为什么是我幸存下来?

但也有其他人活了下来,经历了奇迹。任何大屠杀的幸存者,都是遇到了奇迹。也许有一天,我会读到他们的故事,找到答案。也许,我可以开始回想和消化过去六年来的创伤,也由此开启对未来的思考。

桑福德先生的家人也都去世了,虽然他并不知道他们具体是怎么死的。他活下来,是因为当了波兰士兵。"我们还这么年轻,实在幸运,"桑福德先生说,"很多人都失去了他们的孩子,独自活了下来。他们再也无法重新开始了。但我们还可以重建生活,重获幸福。"

我问桑福德先生，自己应不应该前往家乡塔尔诺格鲁德，因为我太渴望再去那里看看了。

他叫我不要接近那个地方。"要是你们家的房子没有和隔都的其他地方一样被夷为平地，"他说，"那我肯定现在有波兰人住在那里。"

他给我讲了一些可怕的故事，在波兰的森林里出生入死地生活了多年后，游击队员终于回到以前的家宅，却被后来的非法居住者残忍杀害。我不明白波兰人怎么会做出和他们的压迫者一样的恶行。他们本应该为德国人没有赢得战争而高兴，而不是在贪婪的驱使下杀人。他们根本不知道，在德国人眼中，他们只是"波兰虫子"，不过是利用他们出卖犹太人而已。

30. 犹太学校

走着走着，桑福德先生问道："这战火连天的，你去哪儿找了这么漂亮的裙子？"

"我行李箱里还装了好几件漂亮衣服。"我说。

他答应帮我去当地市场卖掉一些，说换来的钱够我维持一阵子的了。

"你说要带我去犹太学校，肯定是开玩笑吧，"我说，"我是个女孩，只有男孩子才能去犹太学校。"

"现在犹太学校专供从苏联或森林里返回的犹太人住宿，"他说，"我不确定你能睡到床，或者分到毯子。但现在是夏天，晚上也暖和。我相信哈希姆，冬天到来之前，生活会有所改善的。而且，你去那里，周围也都是朋友。"

我们到了犹太学校，桑福德先生准备离开，说他在波兰军队里可以免费食宿。几天后他会回来，帮我卖一些衣服。

又只剩下我一个人了，我对玛拉赫说："看来我以后还需要你呢。请别离开我。"

一进犹太学校我就震惊了，眼前有这么多神情沮丧的人。他们穿得破破烂烂，像是经历了很多磨难。他们给我讲了一些故事，我听得胆战心惊。

犹太学校的条件并不好，但我很高兴能融入朋友当中，不为自己是犹太人感到恐惧。我向他们略微讲述了自己经历的磨难和孤独，很快就筋疲力尽地睡着了。我睡得很好，心中充满了轻快与自由，很久都没有这样的感觉了。

我在好朋友中间醒来，觉得非常幸福。他们比我年长很多，什么都不让我动手。他们为我做饭，我边吃着，边听他们讲自己的故事。他们中很多人都结过婚，失去过家人。有的做过游击队员，本想回家，结果发现老房子被波兰人占了。他们怕被对方杀害，不敢收回房子。

第二天，桑福德先生来了，按之前承诺的，帮我在市场上卖掉了一条漂亮裙子。卖了个好价钱，足够我生活几个星期了。我告诉他，很想和年轻女孩们一起住，因为犹太学校的人都比我年长很多。

他帮我打听了一下，发现本津[①]有个大型收容所，住着在集

---

① 波兰南部的一个城市，隶属于西里西亚省。——编者注

中营幸存的女孩。不过，他警告我说，有些女孩因为战争中的经历而意志消沉，我可能会觉得她们太叫人悲伤。但他又说，那里有些成了孤儿的孩子正准备去巴勒斯坦定居，我便决定事不宜迟，立即出发。这好运真让我欣喜若狂，难以置信。我竟然要去犹太民族的精神故乡了。

31. 蒙齐耶夫斯基之家的女孩们

一到本津，我径直去了收容所。一进入这个叫作"蒙齐耶夫斯基之家"的地方，我就被眼前的景象弄得十分难过；因为里面的女孩子们看起来毫无生气，憔悴消瘦，面色灰白，眼神空洞。她们和哈雷那些集中营幸存者一样，以为我是个基督教女孩，专门前来取笑她们的。

我问她们，能不能在收容所给我个容身之地，她们都迷惑不解地盯着我：这个吃穿不愁的基督教女孩为什么要到这么一家像破医院的房子里，和一群憔悴的女孩挤在一起呢？

她们害怕地看着我，像是以为我疯了。"你为什么不和父母住一起？"她们问道，"这是给犹太女孩的临时住处。"

"我的父母都死了，"我说，"我没有家。我也是大屠杀的幸存者，很高兴能找到你们。"

她们久久地凝视着我，不敢相信；最终，我得以上前拥抱她们。我保证一定会好好照顾她们，直到她们稍微长出点头发。我看得出来，因为光头，她们都不好意思上街去。集中营的人剃光了她们的头发,而且大家都在与营养不良等各种疾病做斗争。

有些女孩不幸罹患伤寒,被隔离了起来。负责此地的"以色列互助会"很难找到志愿者,所以没人照顾她们。我主动提出可以帮忙,立刻就上岗了。我很小心,不用她们用过的东西,也奇迹般地没有感染。每当我给她们送去食物,她们都会祝福我。不知怎么,她们都康复了,这也是个真正的奇迹;因为德国人很久都没给她们东西吃。

"你就像上天派来的天使。"她们都这么对我说。

"我不是天使,"我说,"我只是很擅长喂饱大家。"

终于终于,我又和同胞在一起了,真高兴啊。但更高兴的是,哈希姆恰逢其时地把我送到了她们中间,因为她们都需要我的帮助。但我看得出来,她们并不是真正信任我。每个安息日,女孩子们讨论着要移民去圣地以色列,却要求我离开房间,因为有些人觉得我是去监视她们的。收容所的经理和他妻子努力安慰我受伤的心,也请我原谅这些女孩,还特别赞扬我对那些伤寒患者尽心尽力。

一直等到犹太新年,我才终于取得了她们的信任。所有人一起去参加了礼拜仪式,女孩们很惊讶地看我熟练地诵经,对各类祷词及它们在《西都尔》祈祷书[1]中的位置也比她们更加熟悉。我已经很多年没见过祈祷书了,但里面的一切都熟记于心。

---

[1] 犹太宗教中一个核心的祈祷文集,包括日常祈祷、安息日、节日及特殊场合的祷文,该书是犹太人日常宗教生活中不可或缺的一部分。——编者注

32. 最终的逃离

我们都还有生命危险，因为本津正频发各种反犹袭击。甚至连在街上行走都不安全。过去六年，我当然已经经历过多次死里逃生，却对战后波兰每天都发生的谋杀和其他暴力行为毫无准备。有时候，我觉得战争其实还没结束。对那些杀人犯来说，只要能继续把并不属于自己的东西握在手里，杀戮就不算是罪孽。

贝拉和雷金卡，这两个女孩和我成了朋友。我们一起讨论了波兰的现状。一天，贝拉告诉我，她、雷金卡和另外十个人付钱给了一个波兰人，请他带他们穿越边境，去捷克斯洛伐克。她们解释说，那里的犹太人更自由，还问我愿不愿意一起。

我没多想就同意了。没过多久，同为大屠杀幸存者的贝拉父亲把我拉到一边，偷偷告诉我，自己被驱逐去奥斯威辛之前，把家里的珠宝都藏了起来。回国之后，他很幸运地找到了这些珠宝，问我愿不愿意带着这些珠宝跨越边境，交给他那些急需援助的亲戚。一开始我拒绝了，不明白为什么他不让自己的女儿来偷运。但不久我就明白了，充当"运输员"就是我离开波兰的代价。虽然要冒很大的风险，我却无比渴望离开波兰；于是决定碰碰运气，把握机会。

我们快到捷克边境附近的火车站了，贝拉的父亲递给我一个小包裹，叮嘱我藏在身上，还说过境之前我们会被搜身。我得趁那之前跑过去，跑得越快越好。他说我比贝拉、雷金卡，甚至是同行的十个男人都更有可能逃脱，因为我是最强壮的。已经到最后关头了，我却害怕起来，质疑自己同意这个计划是不是明智。但已经太晚,不能变卦了。无论如何,这也是我离开波兰的唯一机会。

快到边境了,一名波兰士兵要搜我的身,我拼命搏斗,挣脱开来,飞速冲过边境,子弹从我耳边倏忽而过。幸运的是,我成功来到属于捷克的那边,躲到一列火车下面。其他人被搜身后也获准过境。

等大家都过来了,我从藏身处出来,一起上了火车。这一通折腾下来,我很累,能在座位上躺下来好好休息一下可真好。我差一点就被枪毙或者抓起来扔去西伯利亚坐牢了,说不定要被关一辈子。哈希姆又帮助了我;我感谢他再次救了我的命,这一次是从荷枪实弹的边防军手中。我听到咚的一声轻响,意识到还得感谢哈希姆救了此时就在我身边的玛拉赫。

很快我们就到了布拉格,不少犹太难民在那里定居。雷金卡、贝拉和我在一个修道院找到了住处,那里友好的修女们会做素食给我们吃。我们三个被带到一个干净明亮的房间。男人们也想办法在附近找到了住处;第二天,我们会合,一起游览这个城市。

漫步布拉格的街道是一种享受,这里不仅景观很美,人民也很友好,和边境那头凶恶的波兰人截然不同。布拉格人民看到我们都会微笑,像是在欢迎我们来到这个国家。要是我们问路,他们都会拉起我们的手,仔细地指路。他们知道我们是犹太人,很想帮助我们。我们说我们可以去著名的"老新犹太会堂"[①],

---

① 欧洲现存最古老的仍在使用的犹太教堂之一,建于13世纪。老新犹太会堂不仅是布拉格犹太社区的宗教中心,也是犹太文化和传统的重要象征,吸引着世界各地的游客和学者。——编者注

那里有刻有希伯来数字的时钟。但我们不能进去会堂内部。我们走过干净的街道，看着那些宏伟美丽的建筑。我们终于来到一个充满善意的国家，我呼吸着自由的空气，为自己还活在世上而深深感恩。

在布拉格久留没有意义；我们一行的成年人决定下一个目的地最好是慕尼黑。有些人在跟他们的交谈中提到，从慕尼黑移民，可能性比从布拉格要大。不过，我们需要旅行许可才能去，但根本不可能拿得到。首先，要获得许可证，就得等上好几个星期，而且我们身上没钱，根本试都不用试，绝对申请不到。大人们一如既往地积极想办法，成功让大家坐上了去慕尼黑的火车。一路上我们都躲在发动机舱的大煤堆下面。

等到了慕尼黑，我们也黑得跟煤炭没什么两样了。我心想，这副样子还怎么走上街去啊。不过，男人们很有远见地在出发时准备了一些湿毛巾。即便洗不了衣服，我们至少能把脸和手擦擦干净。

经过指点，我们去了一个博物馆，现在是集中营幸存者的临时庇护所和医院。联合国善后救济总署（UNRRA）派来了志愿者，照顾那些因为病重还无法长途旅行的人。这些幸存者和其他幸存者没有两样，饿得半死，疾病缠身，被解放的时候已经濒临死亡。好几百人都是这种惨状。就连孩子们都没有跑动的力气。

我在一个女人身边坐下，她告诉我，自己的四个孩子都死了。她言之凿凿地说，丈夫一定活下来了，因为他身体强壮，平时也能照顾自己。但她不知道他在哪里，该怎么找到他。

她正跟我倾诉，一个美国士兵走进博物馆，挨个检查病人们的情况。突然间,女人死死盯着士兵,大喊道:"莱贝尔!莱贝尔!"她用尽了全身力气,喊出最高的音量,因为太费力而昏倒了。他不是别人,正是她的丈夫,在战争中想办法逃了出去,加入了美军。我永远不会忘记两人这百感交集的重逢:丈夫和妻子终于找到了彼此,欣喜若狂;同时又因为孩子们的离世而痛苦不堪。

第5章　新生

33. 前往英格兰

我们这些身体还算健康的,先是被送到了费尔达芬[①];战前,那里是著名的风景区和度假胜地。昔日美丽的住处现在变得如同军营;每个房间都摆着一排排的单人床,上面盖着黑色或深灰色的毯子,但都很干净整洁。

附近有个湖,我和其他女孩一起戏水,真是美好的时光。我们都不会游泳,因为大部分年轻人的童年都是在集中营度过的,被催促着为德军制作子弹。我们也没有泳衣,但似乎没人介意穿着裙子直接泡在凉爽的湖水中。晚上,我们会围坐在窗前,熬到半夜,聆听彼此的故事。每个幸存者都有属于自己的恐怖故事。我讲起自己的故事,她们都说:"你的故事光讲出来还不够,必须写出来。"我决心一定要实现这个梦,但也很清楚,书要最终出版,还需要很长的时间。我没有写作经验,也没受过多少教育。

一天晚上,我们听到男人们住的那边传来很大的骚动,大家立刻穿好衣服去一探究竟。眼前的景象让我不寒而栗。就在房间的中央,躺着一个被刺了很多刀的男人。他还没晕过去,哀求着救命。没人靠近他,他正慢慢死去。曾经,他是集中营的警卫,每天都要折磨很多人。解放后,他混入集中营幸存者中,一

[①] 德国巴伐利亚州一个风景秀丽的市镇,位于施塔恩贝格湖畔。——编者注

直安全无虞，直到被人认出。我站在那里，甚至希望自己也能为我的家人刺上几刀，一人一刀。

不久，美国当局担心发生更多的报复性杀人事件，就派人严密看守我们的"集中营"（我们很快便用这个词来称呼新住处了）；派的不是别人，正是德国士兵。尽管现在他们已经无力对幸存者做什么坏事了，却不断让我们想起德国人掌权时的种种恶行。我们对这些德军守卫也无能为力。他们奉艾森豪威尔将军之令，驻守在此；而后者则是美军总司令。

我们的营房人满为患了，负责的委员会决定把比较年轻的女孩们分开，送去另一个战前度假胜地法伦瓦尔德。我被分配到了这个组。法伦瓦尔德的风景不如费尔达芬那样美，我们也不知道这里曾被用作集中营。在那里，我们很想念那些更为年长的幸存者，他们总是给我们成熟的建议和很好的陪伴。不过，我们也意识到，现在的气氛会更加欢快，因为之前的很多年长人士都在战争中失去了孩子，每天总是痛哭流涕。我们无事可做，天天就是吃饭、打扫房间和久久地散步。我们都渴望继续学习或接受某种职业培训。这样的机会很久以后才姗姗来迟。

法伦瓦尔德的年轻人中不乏艺术人才，我们决定在慕尼黑举办一场演出，想让博物馆里那些生病的难民高兴起来。加入演出团队的要求之一是有一副好嗓子，因为我们不仅要跳舞，还要唱歌。他们说我声音条件不够好，没法上台表演，我失望透顶。只能当观众了。当时我还不知道，要是我嗓子不错，和大家一起上台表演了，今天就没法写下这个故事了。

坐上前往慕尼黑的卡车时，我们像过节一样喜气洋洋，一路放声欢唱。年轻人都觉得这是欢乐的好时光。我们将以自由身,为自由的人们表演歌舞。

我才华横溢的伙伴们奉献了一场精彩的演出,最后大家都热烈鼓掌。吃过茶点,两辆卡车来接我们回法伦瓦尔德。有了台上的合作,所有的表演者都像兄弟一样心连心,挤上了一辆卡车;我则和其他观众上了另一辆。我们的卡车先出发,等到了法伦瓦尔德才知道,后面那辆卡车在路上翻了车。司机喝醉了,车子失了控。卡车在路上打滑,翻进一条沟里。车上所有的人都死了。

我们相对无言,只是一味地哭泣。我们很难相信,这些年轻人在集中营里承受了多年的折磨与饥饿,幸存了下来,却在恢复自由身后以这样的方式死去。第二天,我们目睹他们的尸体被运回法伦瓦尔德,这成了我们多年痛苦岁月中特别悲伤的一个时刻。我也终于明白哈希姆为何没赐予我一副好嗓子。

一天,艾森豪威尔将军来到我们的营地,大家都很激动。他发表了讲话,说他十分钦佩我们的坚韧不拔。他认为我们表现出的勇气至少能与他手下那些参战士兵相媲美。我们无比自豪,赠送给他一幅由一位幸存者创作的画作。他还告诉我们,各方正在努力,让我们的生活更为舒适,而他本人也在参与这项工作。

我是后来才听别人转述他的讲话,因为当时我正因头疼卧床休息。讲完话,他来巡查寝房,给了我一块巧克力。说实话,我其实只是轻微头疼,但看见那么多德国守卫,我真是心烦意乱,暗自在心中责备艾森豪威尔将军。然而,他给我的那块巧克力的确很好吃,我已经六年没有享受过这样奢侈的美味了。

周围宁静安谧,让人不禁渴望散步与深思。我常常独自漫步。我一个人久久地走着,想起那些仍然在世的亲人。我有两个叔叔，多年以前，他们不时会从乌拉圭回塔尔诺格鲁德来探望我们。据我所知，父亲这两个兄弟仍然住在乌拉圭。我很小的时候，母亲的哥哥就移民去了巴勒斯坦，很可能现在仍然住在那里。我不知道他的具体地址，但还是试着给他写了封信：

亲爱的什穆埃尔舅舅：

不知您是否还记得我，我还是先自报家门吧。我是玛拉，我的爸爸叫伊扎克，妈妈是弗里姆奇，您已故的妹妹。您也许还记得，1933年，在搬去巴勒斯坦定居的前夕，您来塔尔诺格鲁德探望我们。您陪我玩耍，抱我的时候我还抱怨您的胡子太扎人。我还记得，您离开远去时，我还和全家人一起送您。那时候我真想和您一起去远方啊。目送您离去，我很伤心不舍。我至今还记得您给我们带来的那个大菠萝；在那之前我们还从没吃过菠萝呢。我们一直留到家里房子新建了一部分，才分吃以示庆祝。所有这些事情都深深铭刻在我的记忆中，仿佛就发生在昨天。

我很遗憾要在此向您传达可怕的消息，但还是要抱歉地告诉您，我们全家人，包括您的父亲和您的弟弟艾布拉姆，只有我活下来了。1942年11月1日，其他人都遇难了。据我所知，我是塔尔诺格鲁德所有犹太人中的唯一幸存者。您也许觉得我很幸运，但我现在觉得极度孤独。请您原谅纸上有污渍，但这已经是我第三次重写这封信了，还是一写就哭。即便我再试一百次，也阻止不了眼中流下的苦涩泪水。我没有您的地址，您很可能永远也收不到这封信，但在纸上表达悲痛与辛酸似乎让我心中的沉重负担轻了一些。保重，请原谅我让您如此悲伤。

爱您的玛拉

我在"收件人"处写上"巴勒斯坦，什穆埃尔·阿克斯特"。写完这封信，我感觉好些了，因为稍稍释怀了一点悲伤。而且，我心中本来一直装着一项沉重的义务，要提供证据，揭露我的民族同胞遭遇的一切；此时这样的负担也放下了。我并不觉得舅舅会收到这封信，所以也没必要等待回复。

接下来，发生了一连串的事情：我的信送达巴勒斯坦后，有人读到了它，被内容感动了，就在好几家报纸的显著位置刊登了启事。不久，我幸存的消息就传到舅舅什穆埃尔那里。然而，他的回信到达法伦瓦尔德时，我已经离开了，信被退回了巴勒斯坦。巴勒斯坦的媒体报道了那场从慕尼黑回程路上发生的重大车祸，舅舅以为我也在遇难者之列。他和家人为我的"去世"进行了哀悼，尤其难过的是，我熬过了人间地狱，竟然这么走了。

我们有机会自己选择心仪的国家。我登记了想要前往巴勒斯坦，希望在那里找到舅舅。然而，时间一天天过去，我前往巴勒斯坦的所需文件却迟迟未到。我急于离开德国，就和一群十几岁的少年还有小孩子一起，申请了前往英国的旅行许可。很快，我收到UNRRA的好消息，说我的申请已经被批准了。英国政府同意定量接收一批希望在英国完成教育的年轻难民。这正合我意，因为继续学习是我的夙愿。

我们都激动不已，一心盼望着离开这个国家，因为我们在这里受尽了虐待；这些感觉真是无法用语言形容。我们数着每一天，数着每一刻，直到启程的时刻终于到来。

我们离开的前一天，UNRRA的女士们带我们游览了原波兰山区的度假胜地加尔米施，那里充满田园牧歌之美。那一整天，我们都在学唱英语爱国歌曲。一想到要去一个不把犹太人当罪犯的国家，我就激动到震颤，那种感觉真是永生难忘。所有人都很兴奋，一整晚都在练习学会的英语歌。

终于，我们期盼已久的重大日子来临了，那是1945年10月30日，我们离开德国前往英国。飞机发生了机械故障，我们迫降在了某个不知名的地方。我们发现仍然身在德国，都失望不已。附近没有旅馆，我们只能住在一个废弃的监狱里。那里臭气熏天、肮脏不堪，虱子和臭虫满地爬。整夜我们都在抓痒，UNRRA的女士们也一样。早上，她们让我们洗个淋浴，且全部衣服都要更换。

1945年11月1日，我们降落在英格兰，然后被带到了伦敦。火车驶进车站时，UNRRA的女士们指挥我们唱起了在德国学的英语歌，尤其是英国国歌。车站的人们听到我们唱得那么好，大为震动，热烈鼓掌。媒体一定也报道了我们的到来，很多善良友好的人为我们欢呼，其中有犹太人，也有其他民族的人。

当时接近中午，然而整个伦敦都被浓雾笼罩着，看上去就像深更半夜。小孩子们看到浓雾，尖叫着冲回火车上。他们觉得浓雾就像集中营火化炉的烟雾，还以为自己是被运到伦敦用毒气处死。UNRRA的女士们费了好一番工夫，才说服他们再下火车；她们向吓坏了的孩子们解释，这是伦敦很常见的自然现象。而我之前也从未见过这样的雾。

很快，我们都吃上了三明治和橙子。有些孩子已经六年没吃过水果了，他们根本不知道眼前那些橙色的"球"是什么，把它们扔来扔去。但我还记得小时候在塔尔诺格鲁德，偶尔能吃到一两瓣橙子。因为舅舅什穆埃尔有时会从巴勒斯坦寄来一些柑橘类水果。

浓雾消散后，我们前往一个临时难民安置中心，名叫"温特斯希尔庄园"。有志愿者前来照顾我们，他们负责帮我们逐渐适应正常的生活。几个星期后，我和一群女孩被分配往切斯特菲尔德①，那儿离剑桥不远，有个孤儿院，我也成为那里的年轻人中的一员。

到了切斯特菲尔德，孤儿院院长莱什纳和妻子一起迎接了我们。他几乎是立刻就开始了我们的英语课程。有些发音真是太难了，特别是"th"这个音。不过，莱什纳先生有诀窍，能帮助我们慢慢找到发音的感觉。他让我们想象嘴里有个滚烫的土豆，还送了每人一面镜子，好在发音的时候观察自己的口型。必须承认，起初我觉得自己永远也无法掌握这门陌生而奇怪的语言，但不久以后，我就已经掌握得相当熟练了。

媒体报道了我们在孤儿院的事，很多人都听说了。很快，伦敦的很多平民家庭都开始邀请我们去住。他们不仅是为了表达友善，也是想帮我们重新适应正常生活。我们已经六年多没过过正常日子了。

我的第一份邀请来自斯坦家，他们住在西区，大概就在牛津街附近。到斯坦家受到的热烈欢迎叫我难以忘怀。聊了几个小时后，斯坦夫人带我出去买东西，给我买了连衣裙、短裙和其他必需品。等尽情购物回来后，斯坦先生也下班回家了。

---

① 英格兰中部德比郡的一个自治市。——编者注

斯坦家为我忙前忙后，对我格外关心；晚餐时还问了我一连串的问题。对这些问题，我也不觉得烦。他们问话的方式显露出真心的关切，仿佛我也是这个家庭的一员。这种感觉让我回忆起自己的家，即便斯坦家摩登便捷，和我们在塔尔诺格鲁德的陋室完全不同。

吃过晚饭，他们邀请了一些朋友，把我介绍给了他们。见这些朋友当然很好，但他们离开后，斯坦夫人带我去卧室时，我心中充满了感激。一路来到西区，又出去疯狂购物，我感觉很累。

卧室非常漂亮，用配套的面料做了地毯、窗帘和床单。我洗了个澡，才发现斯坦夫人买的睡衣也和床品是配套的。上床之前，我放任自己打开衣柜，欣赏斯坦夫人给我买的那些美丽衣裙。

我正要上床睡觉，斯坦夫人敲了敲我的门，进来了。她坐在我旁边的椅子上，字斟句酌地开了口。

"玛拉，我真不知道该如何开口，"她说，"还是直截了当吧。我和丈夫没福气，也没有个一儿半女，要是你愿意接受我们做你的父母，我们想要收养你。当然，我们不可能取代你的亲生父母，但感觉能让你非常幸福。物质上来说，你什么都不会缺。你也会让我们非常幸福的，玛拉。你怎么想呢？"

我看着善良的斯坦夫人，想到她温柔的丈夫，他们一直非常努力地在逗我高兴。虽然相识只有短短的一天，我却已经非常喜欢他们了。我请斯坦夫人让我考虑一下，明天再决定。她给了我一个温暖的拥抱，仿佛我已经是她的女儿了。接着她说了晚安。

第5章　新生　223

斯坦夫人的提议让我颇为意外。必须承认，那晚我完全不能入睡，一直躺在床上想着亲爱的爸爸妈妈。第二天早上，我做出了决定：尽管亲爱的父母都已不在人世，我却仍然属于他们，没有人能取代他们。

那天早上，斯坦夫人给我送饮料，她看出我一直在哭，所以对我的答复有充分的心理准备。

"现在思考被收养的事情，对我来说还太早了，"我对她说，"那些可怕的事情虽然过去了很久，但在我心中就像昨天才发生的。"我非常委婉地拒绝了她的好意，放弃了住在漂亮的房子、拥有美好家庭的机会。

分别的时候，我们都眼泪汪汪。回住所的火车上，我哭了。然而，我非常确定，自己做出了正确的决定。即便我乐于拥有新的父母，斯坦夫妇也不像我的父母一样严守教规，而我希望自己能够虔诚奉教。

斯坦夫人把所有为我买的衣服都打包好，送给了我；回孤儿院的路上，我一直在哭；等到取出那些漂亮衣服时，我还在哭。

34. 寻亲

不久，我再次收到前往伦敦的邀请，这次是克里克伍德的拉比诺维茨一家，他们也十分善良。和斯坦夫妇一样，他们像迎接多年老朋友那样热情欢迎我。第一眼看到他们，我就有种说不出的亲切感，好像与他们似曾相识。

接着我意识到，拉比诺维茨先生与我的亡父长得很像。也许这种相像只是我的想象力在作怪：和父亲分别后，拉比诺维茨先生是我见到的第一个有胡子的犹太男人。

拉比诺维茨夫妇友善合群，喜欢交际。安息日我会和他们一起去拜访朋友。他们的朋友都很想听听我和他们那些定居欧洲的亲朋好友的遭遇。我向他们讲述过去六年的种种悲惨，发现他们很难理解究竟发生了什么。但所有人都拥抱我，叫我别哭，自己却哭得很伤心。

"经历了这么多磨难，你还能这么开朗活泼，怎么做到的？"他们问道。

"我有一只猫，只因我不配见到天使。"我说。这话让他们都疑惑不解。

拉比诺维茨先生是一位犹太教学者，他柔声细语地帮我解释，"保持乐观精神是哈希姆的特别恩赐"。

礼拜天，吃完早饭，拉比诺维茨先生建议我跟他去店里看看。我们坐着他的车出发了。

拉比诺维茨夫妇有四个小孩，没有带他们一起我觉得很奇怪。"没有其他人吗？"我问。

"没有，这次就不带了。"他回答。

很快，我们就到了他店里。拉比诺维茨先生显得有些焦急，我看得出来，他的目的不是带我看他们的商店；把我一个人带出来另有原因。拉比诺维茨先生想避开家里的孩子，跟我私下谈谈。

"听着，玛拉，"他说，"我妻子和我邀请你到这里来，是想让你看看正常的家庭生活。但你和我们一起生活了三天,我们越发了解你,非常喜欢你。"他顿了顿才继续道:"我们希望你能和我们一起生活,加入这个家,成为我们的养女。你愿意吗?"

没等我回答,他又说道:"你也见过我们的双胞胎托西亚和玛丽西亚了吧?她们也是领养的,和我们一起过得非常幸福。等到了时候,我们就把她们嫁出去,她们要什么我们都会给的,对她们视如己出。我们也想为你做同样的事,玛拉。"

"这是我第三次被人问愿不愿意被收养了,"我说道,"请您别生我的气。我曾经有过非常好的父母,不能接受别人取代他们。一想到他们已经不在人世,我仍然伤心得要命。我希望能继续做梦,想象他们还活着。"

拉比诺维茨先生的双眼满含泪水,但他和斯坦夫妇一样,也能理解我。第二天,我回到了切斯特菲尔德,那感觉就像离开自己的亲人。我开始质疑自己,拒绝他们,继续留在孤儿院,这行为是否明智,又有什么道理。但我拒绝是出于情感的支配,并不讲什么道理。

过了一段时间,犹太难民委员会安排我们这群女孩去沃特福德①附近的金斯兰利②,住在那里的一个宿舍里。那栋大房子由一位善良的先生交给委员会随意使用。我们在新家安顿好。过了几天,委员会决定办一个花园集市,为维护这里筹集资金。组织委员会在犹太报纸上刊登了广告,宣布了活动消息,还附上了目前在这里住宿的女孩名单。

---

① 英国英格兰东南部赫特福德郡的一个大镇。——编者注
② 赫特福德郡的一个村庄及民政教区。——编者注

来自塔尔诺格鲁德的斯托克曼先生看到了这则广告。他小时候曾在我外祖父的宗教学校上学，我们全家人他都认识。他和妻子及她的父母在战前几年一直生活在德国。战争前夕，他们设法逃到英国。他给我写信，说希望我去伦敦。那时我几乎不会写英文，但还是努力写了几个词，问他有没有妻子；因为有的话我就更方便去了。

没过多久，我就收到了回信，这次是斯托克曼夫人写来的。信中说，她和丈夫都期待着我能在方便时去伦敦。"而且，"她写道，"我们想告诉你，如果你能来，对我们和这里的很多朋友都将具有重大意义。我们相信，你会讲述自己活下来的经历，这个故事会非常可怕。同时也希望你能带来一些好消息，说说我们在塔尔诺格鲁德那些亲爱的家人都怎么样了。"

他们还在期待着听到有人奇迹般地活了下来，这真是令人忧伤。我把原定的见面日期推迟了一个礼拜，不愿意把塔尔诺格鲁德和整个波兰的惨剧告诉他们。我明白，任何没有亲身经历过这些的人，都不可能理解或相信那究竟是怎样的人间地狱。

一个礼拜过去了，我急切地想要见到家乡人，这种渴盼战胜了内心的不情愿，于是就去了伦敦的斯托克曼家。主人和他们所有的朋友像欢迎皇室成员一样欢迎我。正如斯托克曼夫人在信中所说，她的朋友们都聚到一起来见我，希望知道那些留在波兰的亲属都怎么样了。

吃饭时，我讲述了逃离纳粹这一路经历的悲惨故事。大家还不太了解集中营之外的屠杀规模。他们本来心存一线希望，觉得有些家人可能幸存了下来，而我的故事让这种希望完全粉碎了。斯托克曼夫妇和他们的朋友悲痛不已，又难以相信会发生这样的事情，都沉默无言。泪水从每个人的眼中涌出。我也一样。也是在这时，我才真正为这"魔幻生活"的六年好好地哭了一场。

客人们离开之前，想给我一些钱。但我完全没接受。拒绝他们不是出于自尊，而是因为我想自己挣钱。而且，我未来也不可能一直接受施舍，因为最终施舍会停止的。我必须依靠自己，而不是靠别人。

斯托克曼先生着手为我打听，看在英国是否还有我幸存的亲戚。几天后，他回到家，带来了重大的好消息。

"你外祖父的表亲就在伦敦，"他说，"战争快要爆发前，他离开波兰去出差了。"

我激动起来："真有这样的事？我有个亲戚逃过了大屠杀？"

我心中的激动实在难以自抑。很快，我就要见到自己的血亲了。我怀着极大的热情，迫不及待地等待着即将到来的会面。然而，内心深处，我还不敢相信这是真的。

值得庆幸的是，我这位亲戚，梅厄·施瓦茨，的确是真实存在的。上次他到塔尔诺格鲁德来探望我们时，我还很小，不太记得他了。但这次一见到他，我的心跳几乎停止了。他长得太像我外祖父了，我还以为看到了他的鬼魂。

我为眼前这位老人感到万分难过，因为不得不把他家人的噩耗也告诉他。失去了妻子和所有孩子的他哭了起来。年轻的我努力安慰他，提醒他，我们俩的每个家人都是善良无辜的好人，他们现在一定都上了天堂。

接着我又非常高兴地告诉这位亲戚，即便生活在基督教徒之中，我也一直恪守犹太教规。我还告诉他，虽然在那些可怕的日子里我不能谨守所有的教规，但从现在开始，我一定会严格遵守的。看得出来，他的心情突然比刚见面时好转了。他有了新的使命：找个同样恪守教规的男孩与我结婚。

35. 媒妁之言

难民委员会主办的花园集市终于来了。平时总是一尘不染的宿舍，被更为彻底地打扫了一遍。我主动提出负责修草，因为我很擅长打理花园。注意到我在园艺方面相当能干的佩尔曼女士和蔼可亲地依了我的要求。修剪完草坪后，我又剪下鲜花，插进花瓶。整个地方充满了节日气氛。

我们自己也进行了精心的打扮，衣裙熨烫得一丝不苟，还做了卷发。我们希望能显得特别漂亮，因为他们说客人会给我们拍照；他们想给家人看我们这些"奇迹幸存者"的照片。我们一个个都觉得自己是重要人物，因为开心而容光焕发。

我们全体参与，帮忙安置木桌，摆上从伦敦带来的茶点。

终于陆续有人来了。他们和我们每个人握手，上下打量，仿佛我们来自另一个星球。我们也觉得自己不一样，都很清楚我们这群人是靠上天的恩典才活下来的。我看着窗外花园里的花儿，觉得自己仿佛置身于天堂伊甸园。我赞美哈希姆，感谢他允许我再次呼吸甜美的空气，和朋友们在一起。

温柔女舍监的声音将我从沉思中唤醒。"所有人跟我来吧,"她说,"他们都很想给你们拍照呢。"

我们都听话地跟着她来到走廊上,来访的人已经拿着相机准备好了。我们排队拍照,我感觉自己昂首挺胸,非常高兴。此时此刻,我们就是明星,每个人的眼神中都流露出真心的喜爱。他们目不转睛地看着我们,一遍遍地说他们十分钦佩我们的勇气和英勇事迹,钦佩我们承受了之前的一切。

"愿上帝永远保佑你们。"他们对我们所有人说。接着大家开始各自聊天,分别邀请女孩子们去伦敦。

我突然感觉有人在盯着我,于是四处张望。佩尔曼小姐正与两位先生认真地谈着什么,一边往我这边指。我好奇他们为什么在谈论我。很快谜团就解开了,他们走了过来,自我介绍说是我的"亲叔叔"。

我难以置信地盯着他们。真不知道我父亲的兄弟们在遥远的乌拉圭,是如何得知我还活着,而且打听到我在英国的。

"你们是雅各布叔叔和梅里奇叔叔吗?"我问道,"你们是从乌拉圭来的吗?"

"我们从伦敦来,"他们告诉我,"我们一个是德国人,一个是荷兰人。我们是你已故母亲的叔叔,不是你父亲的兄弟。"

听了这话,我惊呆了,怀疑他们在编故事。然而,他们说出了我亲爱的父母的名字,我相信了他们。

"我有亲人了,名副其实的亲人。"我对其他人说,看得出来她们都很羡慕我。真希望我这两个叔外祖也是她们所有人的亲人啊。也许不该告诉其他女孩子我有这样的好运。她们还不知道自己是不是也有亲人幸存下来,而我却因为寻到了亲而大喊大叫。尽管如此，我也知道，她们很为我高兴，因为我们早已亲如姐妹。

两位叔外祖和我一起坐在摆满食物的桌前，我讲述了自己的一些经历。要是事先知道奥森贝格叔外祖在大屠杀中失去了三个孩子，我言语会再谨慎些。但我被亲人前来相见的好运，以及他们都逃过了噩运的喜悦淹没了，无所顾忌地倾诉着。等我搞清楚状况，说出的话已经是覆水难收。然而，听了我的经历之后，他们忘记了自己的伤痛，努力安慰我，我还年轻，以后还能拥有幸福的生活。我当时自然感觉自己十分幸运，但也很难想象未来的幸福。后来，我又多次去探访他们和家人。

几个月后，我们的宿舍从金斯兰利搬到了伦敦布里克斯顿。这处住宿地没有严格遵守犹太教规，我决定离开。

我很快找到了工作，在一个裁缝铺做学徒。收入很微薄，但我逐渐找回了自信，决心在更为恪守教规的环境中自力更生。有些周末，我会和亲戚们共度；而他们成功找到了我舅舅在巴勒斯坦的地址。舅舅在写来的第一封信中说，听到我不在慕尼黑到法伦瓦尔德车祸罹难者之列，他非常高兴。我回信说，希望有一天能见到他和家人。几年后，这个梦想终于实现了，我去以色列探望了他们。

能和亲生的姨姑叔伯共聚一堂，我高兴极了。看到他们和我以前的家人一样，谨守教规，我也备感安慰。没过多久，我又在伦敦找到了更多的亲戚。我母亲的几个表亲在战争一触即发之际，想办法逃了出来。虽然他们不能取代我的直系亲人，但能有他们，我已经很高兴了。

现在，我该为未来做准备了。和以前一样，还是得我自己为自己打算。1946年了,我还是很年轻,没有经验,没有考虑过婚姻问题。几年来,我都和很多女孩一起住在宿舍里。最终,我离开了,自谋生路。我买不起房子,于是从遵守犹太教规的家庭那里租房住。我抱着尽量改善生活的想法,多次更换住处,也不总是能得到特别充满善意的对待。我的收入不多,维持生活不算容易,所以经常挨饿。

但逐渐真实起来的自由之感能弥补一切。我慢慢学着亲手做饭,料理家务。学会了这些之后,孤独感开始困扰我。我考虑起结婚的事来。

一天,斯托克曼先生告诉我,他听说有些塔尔诺格鲁德小伙正在伦敦东区的"生命之树"犹太学院学习。我很难相信家乡还有幸存者,但还是从金斯兰利赶了过去,想亲眼看看。结果,我确实和那些小伙子的家人们很熟,尽管认不出他们本人。他们在西伯利亚成为战争的幸存者。

没过多久,我外祖父的表亲梅厄·施瓦茨把我介绍给了梅厄·卡森伯格,很快我就和他订了婚。战争期间,梅厄也去了西伯利亚,在极其艰难的条件下幸存下来。但他的父母却没能熬过磨难。梅厄与我都很清楚,我们的婚礼要安排得妥妥当当并不容易。但我也知道,光是担心忧虑没有任何用处,我俩都需要面对现实,好好思考。哈希姆已经帮助我们找到了彼此,我们都祈祷,希望他能再帮我们一次。

梅厄的英语还不太流利,找工作不太容易;所以我们明白,虽然订了婚,但有相当长一段时间也不会正式结婚。施瓦茨先生在介绍我们认识后不久就去世了,没能活到出席我们的婚礼,真叫人伤心。

1949年2月20日，我和梅厄终于结婚了，从此我们头也不回地向前看。在哈希姆的帮助下，我们成功养育了五个孩子，他们过着幸福的生活。我们的祖先知道了，也会为此自豪；对此，丈夫和我都充满感恩。

就在快举行婚礼的时候，我心爱的猫咪玛拉赫，在那可怕六年中最绝望的境况下一直陪伴在我身边的玛拉赫，消失了。我再也没见过她。我没能为她留下哪怕一张照片，但只要我活在世上一天，心中就永远记得她的样子。

我的思绪常常飘回那些悲惨岁月，对心爱的玛拉赫的记忆也随之更为清晰生动，仔细回想，我惊叹不已。她一定不是平凡的猫咪。玛拉赫一次又一次地表现出不可思议的能力，总能事先警告我，把我从危险境地解救出来。很多时候，她光是在场，就好像能充当我的保护盾，帮我挡住那些恶人。而且，即便我们曾经远离彼此，玛拉赫也会不可思议地重新出现在我身边，任你用什么逻辑也解释不了。当然，还有一个现象也令人费解，相依为命的这些年里，我从未见过玛拉赫吃喝东西。也许听起来怪异奇特，但我相信玛拉赫猫如其名，真正是上天派来的"玛拉赫"，我的守护天使，指引我走出那个摧毁我的家庭、城镇与六百万同胞的地狱。

那么多的犹太人，为什么偏偏我如此幸运，拥有了自己的守护天使？我不得而知。当然，无数人都遇害了，我并不比他们更值得守护。也许是因为父母或某个优秀祖先的荫德？而他们的姓氏与生命通过我的孩子与孙辈得以延续。不过又有谁能参透哈希姆行事的玄机呢？我自然是不能的。

然而，无论是因为谁的功劳而获赐这神圣的保护盾，我都会永不止歇地颂扬和感谢哈希姆的无尽恩惠。我的孩子们和孙辈,他们就是犹太神圣法典在现实世界的化身,每当看到他们,我都想向天堂的亲爱父母大声呼喊:"看哪,这些都是你们的后世子孙!尽情自豪和骄傲吧,因为你们对犹太法典的终身恪守与对孩子无私的爱都体现在孙辈容光焕发的笑脸上。通过他们和后世子孙,你们将获得永生。"

作者的父亲，伊扎克·索雷尔，1932年摄

作者的母亲，弗里姆奇·索雷尔，怀抱作者的小妹妹黛沃瑞莱，1933年摄

玛拉（二排左一），受雇于佩尔穆特夫妇时，参加旅社的圣诞派对

玛拉和其他幸存者在费尔达芬的度假营地

玛拉和其他难民在沃特福德附近金斯兰利的一处宿舍

玛拉和梅厄订婚，1948年摄

卡森伯格夫妇，1994年摄